阅读星空

与孩子分享哲学家的故事

夏志华_____ 著

百花洲文艺出版社
BAIHUAZHOU LITERATURE AND ART PRESS

图书在版编目（CIP）数据

阅读星空：与孩子分享哲学家的故事 / 夏志华著. — 南昌：
百花洲文艺出版社，2022.10
ISBN 978-7-5500-4718-1

Ⅰ. ①阅… Ⅱ. ①夏… Ⅲ. ①哲学家—列传—世界—少儿读
物 Ⅳ. ①K815.1-49

中国版本图书馆CIP数据核字（2022）第075782号

阅读星空：与孩子分享哲学家的故事
夏志华 著

出 版 人	章华荣	
策 划 编 辑	程 玥	
责 任 编 辑	刘 云 周振明	
书 籍 设 计	方 方	
制 作	周璐敏	
出 版 发 行	百花洲文艺出版社	
社 址	南昌市红谷滩区世贸路898号博能中心一期A座20楼	
邮 编	330038	
经 销	全国新华书店	
印 刷	江西千叶彩印有限公司	
开 本	889mm×1094mm 1/32 印张 6.625	
版 次	2022年10月第1版	
印 次	2022年10月第1次印刷	
字 数	100千字	
书 号	ISBN 978-7-5500-4718-1	
定 价	36.00元	

赣版权登字 05-2022-77
版权所有，侵权必究
邮购联系 0791-86895108
网 址 http://www.bhzwy.com
图书若有印装错误，影响阅读，可向承印厂联系调换。

Contents 目录

不能给你当厨子——鬻子与和合 / 001

截获哲学财富——老子与《道德经》/ 009

把世界放进问题里——夏革与世界本质 / 018

阅读星空——泰勒斯拒绝成为"第一" / 027

公正与民权的捍卫者——梭伦哭泣也理性 / 035

智慧不分美丑——皮塔科斯从不说人坏话 / 046

上岸的船最安全——阿那卡尔西斯是学说话的榜样 / 054

一个奴隶成了哲学家——伊索讲故事 / 062

为什么人类一思考上帝就发笑——密松之笑 / 070

把歌唱得更好——阿那克西曼德与无限 / 076

阿基里斯跑不过乌龟——芝诺的悖论 / 081

跳进火山的怪家伙——恩培多克勒与"四根说" / 088

"贩卖知识"第一人——普罗泰戈拉与尺度 / 096

在墓园里思考问题——"败家子"德谟克利特 / 102

守口如瓶——狄麦卡与豆子的秘密 / 109

哲学打败战争——墨子与兼爱非攻 / 117

流着冷汗射箭——求真务实的列子 / 127

荒谬的审判——苏格拉底的最后时刻 / 136

亚历山大大帝可不是神——"幸福"的阿那克萨尔科斯 / 142

善用哲学抬杠——庄子与无为 / 149

自然科学的"独立宣言"——哥白尼与"日心说" / 157

补鞋匠的演讲——西蒙与理想城邦 / 164

为真理而殉难——绝代风华的希帕提娅 / 173

"奇异博士"的始祖——罗杰·培根损己利人 / 181

不可以追兔子——洞察人性、追求公平的管仲 / 186

别拿楚庄王不当哲学家——鸣惊人的熊旅 / 193

编后记：陪孩子见证人类文明起点上的"日出时刻" / 201

不能给你当厨子

——鹖子与和合

发政施令，为天下福者谓之道；上下相亲，谓
之和；民不求而得所欲，谓之信；除去天下之害，
谓之仁。仁与信，和与道，帝王之器也。

——鹖子

实在是太久远了，具体记不得是哪一年了，大概是公元前一千多年的事。一天，周文王的大殿上来了一位老人。老人发须皆白、精神矍铄，一派仙风道骨。周文王姬昌一看，左眉跳了一下。

老人一看，朗声说道："大王啊，如果你要我给你做厨子，我恐怕没有那烹饪的手艺；如果你要我临水垂钓，我没有那么多闲情逸致；如果你要我给你当剃头匠，我也没有学过；如果你要我做你的守藏官，我也没那兴趣；如果你要我替你驾驭车马，恐怕我这身子骨扛不住；如果你要我指挥千军万马，替你去打仗，我年纪恐怕大了点。"

前朝有伊尹做得一手好菜，后来成了商汤的大臣；姜太公渭水钓鱼，后来成了周文王的大臣。但老人说他不会烹调不会钓鱼。周文王头一次见到有人这样作开场白，便轻声问道："哪您……"

老者言之凿凿，声音如朗朗洪钟："大

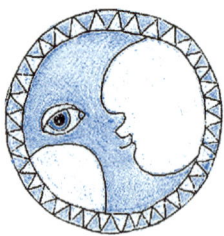

王，如果您要我来当老师，我这个年纪正合适。"

周文王思忖道：我还没有说什么呢，只是眉毛不自觉地跳了一下，他怎么就知道我嫌他胡须白了年纪大了？没有谁比一眼就能看透一个君王心思的人更适合做君王的老师了。周文王当即拜这位老人为师，还兼任火师，就是国家祭祀时掌管圣火的官员。

这位老人便是来自楚国的鬻子。黄帝是华夏民族的共主，位居五帝之首，被尊为中华"人文初祖"。姬颛顼高阳是黄帝的孙子，颛顼之后有祝融，祝融之后有陆终，陆终之后有季连，之后又有鬻熊子。鬻熊子和楚国人的先祖就是玄帝姬颛顼高阳，鬻熊子和所有楚国人当然也是黄帝的后裔。鬻子本名鬻蚤，大多数情况下叫他鬻熊子，鬻子是对他的尊称，就像人们称孔丘为孔子一样。鬻子于公元前11世纪（商朝末年周朝初期）出生在楚国荆州，是楚国开国之君熊绎的曾祖父。鬻熊子姓芈，芈姓是"祝融八姓"之一，这个芈姓和夏姓一样，非常古老，两姓之间还有亲戚关系。这个家族的先祖中有一位火神祝融，周文王让鬻子当火师，也是因为他是祝融后裔的缘故。楚国人以及现在的湖北人尚赤尚左尚东，以太阳升起的东方为尊，与楚国人是颛顼帝的后裔有关。

鬻子给周文王的第一课开讲了。鬻子对周文王说：

"自长非所增，自短非所损，算之所亡若何？"这是周文王的老师举的一个例子，向周文王讲一个字"道"。鬻子意思是说，自己所能刻意谋求的，并不是自然的道为你添加的，其实那也增加不了多少；刻意回避一些东西，自然之道也不会按照人的心愿帮人收回想丢弃的东西。一个人要是当上一位君王的老师，肯定要讲许多知识显示学识渊博，表示能够胜任君王的老师。鬻子与其他老师不一样，只给周文王讲四个字：道、仁、信、和。第一课鬻子只讲"道"。列子这位道家哲学家特别喜欢鬻子有关"道"的观点，专门用一篇《力命》来说明遵循道，遵守自然规律，对于上至国家君主下至平民百姓都很重要。

周文王是一个勤于政务的贤能君王，也是一位特别勤奋好学的学生，以前他身边就有南宫子、伯夷、叔齐、太颠、闳夭、散宜生、辛甲七位贤人，后来又拜鬻子为师，周文王号称有七贤一师，可是依然满足不了他对知识的渴求，周文王真的可以称得上是知识大胃王。鬻子自从当了他的老师，几乎没有闲着的时候。一天，周文王问鬻子："老师，您一直在讲'道'，君王怎么样才能知道有'道'呢？"鬻熊子说："这很简单啊，就是君王在为自己思考，为他人思考，为国家思谋的时候，必须以道为根据。君王总免不了发号施令，发号施令是要为天下人谋福祉，君王这样的行为才符合天道；君王能让上下和谐，左右相亲，内外相爱，这才叫和睦；人们还没有去寻求，就能得到想要的东西，这就叫对民有诚信；君王时时刻刻为天下人除害兴利，这才叫仁爱。一个君王守道义，做到了仁爱、诚信，为人们带来和睦，自然也将受到百姓的爱戴和对手的尊重。"

周文王刚弄明白这一问题，另一个问题接着又来了。周文王对鬻子说："老师，我明白你一生都在向人们解释'道'，向人们讲解做事守道很重要。'仁'和'信'好理解，可是，作为一个君王，为了保卫国土和自己的人民，免不了要打仗；为了国家的利益，人民的幸福生活，总要奋发图强，这与'和'是不是有一些矛盾啊？"

鬻子虽然年事已高，可思维依旧灵敏，总能走在周文王的前面。鬻子张开嘴，让他看自己的舌头和牙齿。周文王看了，对鬻熊子说："老师，您的一颗牙齿歪歪扭扭的，还缺了一小块。"

别误会，鬻子可不是要周文王替他补牙。

鬻子问："你再瞧瞧，我的舌头呢？"

周文王说："舌头好好的，完好无损。"

鬻子说："牙齿坚固吧，不仅嚼得烂鹿肉牛筋，也能咬断碎骨，筋头巴脑的东西牙齿全都能对付。可是再坚固的牙齿，也有缺损的时候。而舌头柔软吧，比起牙齿却能始终保持完整。作为君王，要懂得守护和平、珍惜和平。国家昌盛时不要压榨自己的老百姓，国家强大时不要恃强凌弱，欺负弱小国家。要追求和平，讲求和善和合，世界才能安泰，人们才能安居乐业。"

周王文听到这里，心领神会，大受启发，脱口而出："受命矣！"

此后，周文王的宫殿会时不时传出"受命矣"这样的声音。周文王每次听课大受启发时，都会大叫一声"受命矣"，表示完全领悟老师的意思，完全接受老师的教导，会按照老师的教导，守道义，讲诚信，施仁政，求和平，当一个明君——有一点保证这么做的意思。而鬻子呢，每次讲课都要讲到周文王大声说出"受命矣"三个字之后才会下课。周文王理解并接受了老师的有关"道"的哲学思想，和夏朝的大禹一样，成为中国历史上勤政、贤德，能以德服人、以德服邻的君王。

司马迁在《史记·楚世家》中有一句"鬻熊子事文王"，不知怎么地就被后人解释为"鬻熊子如同儿子般侍奉周文王"，还补充说了一句"可见鬻熊子对周文王的恭顺"。好多古籍上都说"鬻熊子，文王之师也"。周朝是礼仪大邦，是中华礼制之源，讲究尊长有序。虽然君王有威仪，万众要臣服，但按照周朝尊长有序、尊师贵长的礼制精神，一位德高望重的老师，不可能卑微恭顺得像个晚辈一样吧。

鬻子每次给周文王讲课，周文王心领神会、深有感触时都会大叫"受命矣"。心悦诚服地接受老师的教诲，是"受命"之慨，说明鬻子颇受周文王尊敬。古代老师的话尊为命，师言为命和受命于天、受命于时、受命于地是同一个等级，每次周文王听完课都大叫"受命矣"，表现出了学生的恭敬、谨慎与敬服。

楚武王曾经很自豪地说：我的先祖鬻熊，是周文王的老师。楚武王原话是"吾先鬻熊，文王之师也"。不仅如此，周文王去世之后，鬻子又做了周武王的老师。周武王去世，周成王6岁继位，就要亲自过问国家的一切政务，但毕竟年纪幼小，才智未丰，就登门拜鬻子为师。

周成王说："先生啊，几位先王和您一起研习道学，循道执政，使得国家兴旺发达、政运亨通、四海来朝。我也想向老师学习。"就这样，周成王成了鬻子的学生，跟着鬻子学习哲学道理。不过周成王与周文王、周武王不一样，他亲自登门向鬻子求教，离师门百步的距离便下车步行。就这样，鬻子担任了周朝三代君王的老师。

《鬻子》一书，是先秦时期流传下来最早的典籍之一，在中华传统文化中具有很高的地位，对儒家、道家、法家、墨家、兵家等各个学派产生了很大的影响。虽然史书记载"诸子百家"，中华哲学的学派甚至有上千个，但鬻子是楚文化名副其实的始祖，中国古代最早的哲学家，因而被人们称为"诸子百家第一人"。

截获哲学财富
——老子与《道德经》

知人者智，自知者明。

——《道德经》

合抱之木，生于毫末；九层之台，起于累土；千里之行，始于足下。

——《老子》

一支商队进入一条崎岖的山路，道路两旁林木森森，怪石嶙峋，让人后背直冒寒气。"呼"的一声，面前突然冒出几个大汉，挥舞大刀和双板斧，为首大汉唱道："此山有我在，此树是我栽，此路是我开，要想从此过，留下买路财。"商队一听便知遇到劫匪了，乖乖地留下了买路的钱财。劫匪又唱开了："人生多凶险，折钱可免灾；吾等要吃饭，多谢施钱财；劝君走大路，小路莫上来！"被劫的人听完后知道是放行了，继续赶路。

　　一天，老子骑着一头青牛来到函谷关，过了关就离他要去的地方不远了。

　　老子大约出生在公元前571年，这个年份应该是东周时期。老子看到周朝礼崩乐坏，一幅腐朽破败民不聊生的景象，就想离开这个国家，到西边去找一个清净的地方，过自在隐居的生活。

　　老子没有钱，出门远行连一匹马都没有，只能骑着自家一头青牛上路。慢点就慢点吧，反正也不急，虽然慢，但路上也还顺利。就在快要出关的那一刻，怪事发生了，一个人拦住了老子。打劫的事一般发生在行商之人身上，老子非商非贾、不富不贵，甚至贫困潦倒，哪里有买路的钱财啊？！更怪的事发生了，"打劫"的人不要钱财，只要老子留下他的哲学。打劫不要钱财只要哲学？这可是世界上绝无仅有、闻所未闻的事，老子成了世界上第一位被"打劫"的哲学家，被劫的是哲学。

老子姓什么大家都不知道，只知道他的名字中有"聃""耳"两个字，人们就叫他老聃。唐朝皇帝李渊、李世民、李隆基特别尊崇老子哲学，唐朝皇帝姓李，就赐老子一个皇姓"李"，硬是把老子说成是他们李家的人，可见唐朝皇帝多么推崇老子。老子的名字李聃或者李耳，就这么出现了，老子就有姓了。既然老子有了姓，为什么不像孔子、庄子那样叫"李子"呢？老子生于春秋时期，那是公元前了，而唐朝皇帝把老子说成是李家人已经是公元600年之后的事了，人们叫"老子"已经叫了一千多年了，大家还是习惯叫老子。再说，人们也不满意一个李姓皇帝把老子据为己有，认为老子不是一家人的老子，老子是天下的老子！天下人都需要老子。因此，叫老子的多，叫李聃的少，更没有人叫李子。

函谷关这么偏远的地方，怎么会有人知道

他是老子呢？这个"打劫"的人叫尹喜，是函谷关的守关人，人们都叫他关尹。吕不韦编《吕氏春秋》排出天下十豪，也就是天底下十位最杰出的哲学家、思想家，依序是老聃（老子）、孔子、墨子（墨翟）、关尹、列子、陈骈、阳生、孙膑、王廖、儿良。关尹就是尹喜，或称尹喜子，也是一位哲学家，这个人修养深厚，在先秦时期具有一定的分量。

尹喜来到老子面前，没有举刀，而是作揖，恭恭敬敬地说："我前几天登关东望，忽然看见东方紫云聚集，从东向西滚滚而来。当时，心灵深处突然冒出几句预言：紫气东来三万里，圣人西行经此地，青牛缓缓载老翁，藏形匿迹混元气。我就派人把四十里远近的道路打扫得干干净净，夹道焚香，迎接圣人。这不，一个骑着青牛的人出现了，果然是您来了。"

老子听了哈哈大笑，说："我说有谁'打劫'我这个老头子呢，原来是尹喜啊。我知道你，少年时就只看天，不观地，爱看星星，爱读古籍，勤思好问。你现在可是函谷关的镇守官员，身居官位，为什么这么'隆重'地欢迎我一介平民呢？"

老子教学生从来没有课本，他在课堂上的讲话也没有版权。有人来请教，看来人诚恳，还有点儿慧根，就点拨点拨。他的思想精深，语言曲径通幽，义理禅房花茂。可是他一生述而不作——只教导，不写书，没有留下著作，要是就这么离开了，简直是天大的憾事，到底有多遗憾，只有尹喜知道。

尹喜说："天下所有人可以不认识老子，但是我不能不知道老子！我在此恭候您的大驾就是恳请您留下您的哲学思想！"

老子不为所动，嘴里只"哦"了一声。

尹喜说："现在我突然明白，我为什么连官都不做了，来偏僻的函谷关当个小小的守关小吏，冥冥之中，是上天安排我来这里等您，所以，您必须留下您的哲学思想，才能放行！"

这不就是拦路打劫吗？别人拦路打劫为了钱财，尹喜却是为了哲学。老子是何许人，位居天下十豪之首，你要我留下买路哲学，我就留啊？老子笑而不语。

尹喜又说："青牛缓缓载老翁，藏形匿迹混元气。我知道您这是要弃国远去，远离我们，不再返回。您是天下第一的哲学家和智者，一个圣人，怎么能把自己的智慧当作私有财产呢？让天下人都聪慧起来，才是哲学家与圣人的使命啊！您现在要抛下需要教化的天下人，而去西方隐居过自在逍遥的生活，这不是挺自私的吗？再说，一旦西去，我们哪里还能找得到您啊！您不如将自己的哲学思想写成书，造福后人呢！"

不留下哲学而西去，谓之自私！老子被尹喜说服了，留在函谷关，把自己的哲学思想写成上下两篇，上篇叫"道经"，下篇叫"德经"，合起来就是《道德经》。如果没有尹喜拦路"打劫"，让老子留下思想精华，天下人就真有可能不知道有《道德经》了，尹喜这个"劫匪"干得漂亮！

老子不留下哲学思想，尹喜就不给他发通关文牒，就不让他出关隐居。尹喜即使强行阻拦，也要留下老子的哲学，因此他深知老子哲学的价值。

翻开《道德经》，第一句就会吓跑好多人："道，可道，非常道；名，可名，非常名"，多像我们传统印象中的哲学啊——高深莫测！其实，老子的《道德经》是用当时最简洁明了的语言写出来的，只不过现代人不适应古人的表述方式罢了。老子的"道"，是指客观的自然规律，他说一切都在变化，万事都是由此物化为彼物，万物都在变化、新生的过程之中。唐玄宗谈起对这句话的理解时说："我们家的哲学家李聃讲啊，道——宇宙上下的自然规律，可以用语言讲出来，但是，万物都在按规律不息地变化，用通常的语言又是说不尽的；假设我们肉眼看出大自然的一些变化规律，就给它取个名称，用一个名称来代表它，那就限制了人们对不断变化的自然事物的理解。"唐玄宗的原话是："非常道者，妙本生化，用无定方，强为之名，不可遍举。"强行用一个词，用一句话，是说不尽事物的万般变化。

不止尹喜一个人生怕老子带着哲学跑了，孔子也怕老子的哲学失传。孔子千里迢迢从鲁国跑到东周都城洛邑，向老子请教。那时没有高铁，跋山涉水，可不容易了！他这次求教的问题主要在丧礼方面，所以人们把孔子这次请教叫作"问礼于老子"。

老子那时担任守藏史，相当于是皇家图书馆馆长，一般不收学生。他一眼就能看出一个人有没有慧根，其中也包含对哲学的敬意，如果一个人缺少慧根，缺少对哲学的敬意，老子绝对不会对他多说半句话。可是老子十分欣赏孔子的诚恳好学，所以不厌其烦地为他答疑解惑。

一天，老子带孔子看黄河。孔子站在黄河岸边，看了一会儿，突然感慨：逝者如斯夫，不舍昼夜！孔子在感叹人生呢。老子听了，心里明白孔子这是在忧大道不行，仁义不施，战乱不止，国乱不治，而自己又不能为国家做点有意义的事，所以感叹人生短暂。老子就对孔子说："孔丘啊，人生在天地之间，和天地是一体，也是天地中间的一物。天地呢，是自然之物，人生呢，也是自然之物。人从出生时的婴儿，长成少年，进入壮年，最后老去枯竭，和春夏秋冬的变化一样，有什么可悲伤的呢？人出生了，是一件很自然的事，人老去了死去了，也是很自然的事。顺其自然，人的本性就不会乱，违背自然，与自然对着干，奔忙于仁义之间，人的本性就会容易受到干扰。"老子这是教导孔子要遵循自然规律，要循道守道。老子说要向水学习，上善若水，水有大德，向自然万物学习，大德就在万物的变化之间。老子还要孔子积极主动地观察万事万物万象，主动去发现它们的规律，总结成为知识。

还有一回，站在高处的老子随手一划，指向水天相交之处，对孔子说："孔丘啊，你看天和地没有人推，而能自行运转；太阳和月亮没有人去点燃，而能自己发光照亮万物；天上的星星没有人去排列，却自然有序地运行；飞禽走兽没有人创造，却能繁衍生息。这些都是自然而然的事，何须要人去做这些事呢？再说人也没有这个能力！所以啊，顺着自然规律（道）去做事，国家也会安定，人也会变得正直。如果违背自然规律去做事，就像一个人敲着鼓，去追一个逃跑的人，鼓敲得越响，那个人就跑得越快，逃得越远。"

1987年，时任美国总统的里根在其发表的国情咨文中引用了老子的格言——治大国若烹小鲜，引起强烈的反响，《道德经》一下子风靡整个美国。美国麦克劳·希尔公司出版的《世界伟大文献汇集》列举了三十种最能代表全人类思想发展史的著作，《道德经》便是其中之一。

被誉为"足球皇帝"的德国人贝肯鲍尔，青年时就熟读老子的《道德经》，并将"千里之行，始于足下"这句话作为自己的座右铭。据说当年他称雄世界足坛时，也受到了"胜人者有力，自胜者强"这句话的影响和激励。

世界上有许多大人物都对老子的哲学思想推崇不已：德国数学家莱布尼兹根据老子的阴阳学说认证了二进制；黑格尔认为老子的哲学才是真正的哲学；哲学狂人尼采虽然狂傲不驯，却对老子敬仰有加，他评价《道德经》就像一口永不干涸的井泉，里面尽是智慧的甘泉；存在主义哲学家海德格尔更是把老子的"道"看作是人类思维得以推进的渊源……在浩瀚无垠的宇宙中，还有一颗被荷兰科学家发现的小行星——编号7854，被国际小行星委员会命名为"老子星"，就在我们的头顶不舍昼夜地运行。

现在我们应该知道，两千五百多年前，尹喜为什么要"打劫"老子了吧！

把世界放进问题里

——夏革与世界本质

物之终始，初无极已。始或为终，终或为始。

——夏革

大约公元前1600年，鸣条之战爆发。夏朝统领部分忠于朝廷的方国，与商汤带领的一些友邦在山西夏县以西的鸣条摆开了战场。这场仗一打完，中华大地上发生了不小变化，尊为"朝"，属为"国"，原先隶属夏朝的方国商国取代了夏朝，升级为商朝。商朝君主商汤自然有一番革除弊制的改革，但国体、国制、祖制基本上承袭前朝。虽然发动了战争，但也算不上消灭，只能说是改朝换代。商汤胜利后没有大行杀戮，近智者、远小人、贤者上、恶者下，一些有贤德有智慧的前朝重臣被延揽到商朝，夏朝的部分贤臣还在当差。

商汤成为商朝的王，萦绕这位贤能之王的是"始与终""大与小""无限与有限"之类的问题。商汤急于要弄清楚这些，看来这些问题对于君王执政至关重要，可是商汤只有问题，没有解决办法。

一大堆"王之问"让商汤陷入苦闷，有人建议何不请教前朝的智者呢？夏朝的贤者有谁啊？这么一问，商汤明白了。

没修养没智慧的人总是蝇营狗苟、追腥逐臭，有修养有智慧的人总是众人皆醉我独醒，葆有一份责任感的同时也有清高的资本。夏朝的智者夏革是一位自然主义哲学家，一天正在收拾行李准备还乡，商汤急急忙忙跑来了。

一看夏革行李都打包好了，商汤心里暗忖，不向朝廷，而趋山林，这是要矢志出世，秉节归隐啊！好险，要是迟到半步，他归隐山林，我到哪里去找啊！慕智者难求、寻隐者不遇的事多得是。一千多年后的春秋时期，介子推回故乡侍奉老母，隐逸夏县闻喜户头村的山林中去了。晋文公重耳想请他重新出世辅佐朝堂，但介子推就是不出山，晋文公放了一把火烧山，想把介子推逼出来，大火烧了七天七夜，也不见介子推出来。介子推宁愿被烧死也不再出世，晋文公后悔不已，全国百姓在介子推的忌日——三月初五这一天不生火做饭，只吃凉品寒食来纪念介子推，后来就有了寒食节（清明节前一二日）。商汤一见到夏革就恭敬地行礼，然后才说，我以兴国安邦为己任，夏朝的君王和我也应该想得一样，但最后夏朝衰落了，因此，我有许多不解的问题，想请您做我的老师。

孺子可教才能师之啊！商汤虽然以商代夏，但能不能成就

一番千秋伟业，还得看其是否贤能——有没有卓越的智慧、渊博的知识和进步的思想观念。夏革确实无法把握商汤是不是可教孺子，也没有把握教好这个有着君王身份的学生，但是贤者的责任感占据了上风，夏革随商汤来到了王宫。

夏革年纪不大，但亲历了改朝换代以商代夏这件大事，当然有不少感慨，也有其深刻的思考：能否成就一番伟业，要看治国建立在什么样的观念之上，制度的好坏取决于观念的好坏，而好与坏又在变化之中。

夏革到了商汤的宫殿，虽然他是当时的大贤人，但不是一个好为人师之人，他的话委实不多，有时还像一个闷葫芦，一天说不得三两句话。这让商王大感吃惊，不是说贤者都热衷于讲古论今、谈经论道吗，可夏革的话语怎么这么金贵啊！

商汤是出了名的贤达，他明白人的志可夺，节可灭，命可取，但唯独有一件东西夺不了，那就是人的知识。汤虽然是王，但王不一定贵于师，所以他也不好强迫夏革。天下百废待兴，兴旺商朝是己任，责任感驱使他终于忍不住了，一天，商汤主动求教："老师，太古之初有物质存在吗？"商汤第一问就是有关世界起源、存在这一哲学问题。夏革缓缓地说："太古没有物存在，现在怎么会有物存在呢？如果后来的人说现在没有物存在，可以吗？你同意吗？"听这反问的语气，明显不太满意。商汤的第一问没有问怎么把商朝的制度建设得更完善，没有问治国方略，而问的是大问题、基础问题。不过夏革也只回答了三句半，而且还是以反问的形式作答。

商汤还以为夏革会滔滔如长江之水一泻千里，奔腾如黄河之势波澜壮阔，没想到只回答了三句半。急不可待的君王遇上了惜字如金的哲学家，只能自认倒霉！不管回答几句，老师能回答便是幸事。商汤接着问："事物的产生有先后之分吗？"

夏革似乎认为这类问题有一点回答的价值，悠悠地说："事物的开始和终结，本来就没有固定的出发点，开始也许是终结，终结也许是开始，又如何能知道它们的究竟呢？如果说物质存在之外还有什么，事情发生之前是怎样的，朕所不知也。"最后一句是夏言，是说"我就不知道了"。"朕"在夏商是一个极平凡低级别的词，猎户、渔夫都可以用来自称。

商汤明白夏革哪里是不知道啊，只是不太信任自己这个新王而已，而商汤贤就贤在尊重知识尊重老师，因此他没反问夏革"你是老师怎么能不知道呢"，更没有说"我是君王你就得想办法告诉我"，而是像一个好学生一样，好学生就是有本事榨干老师和书本的知识。商汤接着问："老师，那么天地八方有极限和穷尽吗？"

夏革说："不知道！"

哲学家与君王交谈的第一课，让商汤看到夏革的耿直与骄傲，总之就是有个性。

好学生是完全不一样的，对夏革的这个"不知道"，好学生商汤如获至宝，老师的"不知道"就是回答啊，就是无限啊！商汤看到了希望，夏革就要教授真正的知识了，因此，"汤固问"——商汤一个劲地追问。夏革点了点头说："既然是空无，就没有极限；既然是有物，就没有穷尽。那么我们凭什么知道呢？因为空无的没有极限之外'没有极限'也没有，有物的没有穷尽之中连'没有穷尽'也没有。没有极限又连着'没有极限'，没有穷尽又连着'没有穷尽'，于是我们就知道空无没有极限，有物是没有穷尽的，而不知道它们是有极限有穷尽的。"

夏革的论述激发了商汤的求知欲，就像夏天长跑一样渴得不行，"王之问"层出不穷。"老师，四海的外面有什么呢？"打过大仗的商汤居然像一个没有见过世面的小孩子，不过夏革没有小瞧这个小孩式的问题，就像不能小瞧"苹果为什么是圆的"这个小孩式问题一样。这位老师对学生的问题慎重起来了，夏革说："像四海之内一样。"

"你用什么来证明呢？"商汤的语气变得有一点君王味了，夏革并不反感，刨根问底，才能解决问题。

夏革讲了自己的一段经历："我向东去过营州，见到那里的人像这里的人一样，我问营州以东的情况，他们说也像营州一样。我朝西到了豳州，看到那里的人像这里的人一样，我问豳州以西的情况，他们也说像豳州一样，以此，我知道四海以外。"夏革顿了顿，观察面前这个学生的表情，商汤不是一副茫然的样子，反而两眼炯炯有神。夏革重点讲自己的观点了："所以事物大小互相包含，没有穷尽没有极限。"大中有小，小中有大，大与小、新与旧、刚与柔在变化中显现而又统一，和谐是统一的标准和目的。夏革讲的是大与小、个别与普遍、全部与部分的关系，这是夏革的"关系世界观"——万事万物不是绝对独立的，万物是关系的，世界是关系的，世界的"关系目的"是和谐。后来就有了鬻子的和合、孔子的中庸。

夏革是一位称职的好老师，发现抽象理性的观念不易于理解，就用具象的比喻讲他的哲学。他给商汤讲了一个"愚公移山"的故事。治理一个国家就是要开辟一条坦途通向美好的明天，但其中肯定有许多障碍，甚至有太行、王屋两座大山似的障碍，得锲而不舍地搬掉障碍，让通向目标的崎岖小道变成通途。

夏革的哲学属于自然哲学，其思想观念深受大自然的启发。一天，夏革给商汤讲起了神话传说。夏革讲，"天地也是事物，事物总有不足，所以从前女娲烧炼五色石来修补天地的残缺，斩断大乌龟的四肢来支撑天地四极。一天，共工氏与颛顼争夺帝王之位，一怒之下一头把不周山给撞折了"，不周山可是支撑天空的天柱啊。夏革朗朗地说："怒而触不周之山，折天柱，绝地维；故天倾西北，日月辰星就焉；地不满东南，故百川水潦归焉。"

商汤一边聆听，一边回味；共工氏撞断了天柱，结果天穹斜了，天向西北方倾斜，日月星辰纷纷向西运行；大地塌陷了，向东南下沉，千万条河流向东南奔流。

商汤听得不住颔首，他点头并不是老师的故事好听，而是明白了老师的意思。"事物总有不足"，老师讲的是长与短、圆与缺、满与损、静与动、正与斜、美与丑，"短""缺""损""动""斜""丑"就是不足吗？不一定，一切相对事物之间，互取互补的"相对关系"构成了运动之源，"相对关系"构成了运动，变化运动又成了辩证之源——好可以向坏的方面变化，坏也可以向好的方面发展。夏革从相对关系构成运动，讲到世事的变与不变，讲到万物之间的辩证关系，说"动"是永恒的，就像"日月辰星就焉"一样，"静"也是永恒的，静——不动的是大规律。实际上呢，静止是不息的大规律，是短时间内无法感觉差异的大规律，规律之间也包含运动包含变，静——不变只是规律的形式而不是结果。世界万物"动在求变，变在止旧，静在向新"，看似不变的大规律也在趋向新。夏革强调一切皆变、万物向新、趋向关系目的——和谐，这就是世界本质。公元前1600多年，夏革把世界放进问题之中，才有了这些答案。

夏革的哲学除了受启于天地万物，也有一部分来自人文总结，因而有了"世界本质观""世界关系观""世界关系目的（和谐）"，看来夏革之前的中国人文资源已经十分丰厚了，并且早就有了初始价值，夏革的发现与总结，进一步确立了东方文化的价值起点，这是他的一项伟大创举。以夏革等为代表的贤者们用哲学的形式奠定了中国人文的初始价值观，中国文化才得以流传下来。如果不把这些瑰宝哲学化、精神化，以思想和观念指导人类走向文明，中国古代的优秀文化就只能以神话的形态停留在民间传说中了。

阅读星空

——泰勒斯拒绝成为"第一"

希望是全人类共有的东西，即使是一个不名一文的乞丐也有。

——泰勒斯

每一位哲学家都有一两件怪事，古希腊哲学家泰勒斯拒绝"第一"，就让人十分奇怪。常人为争夺"第一"都会全力以赴，不遗余力，甚至会绞尽脑汁，可是泰勒斯却拒绝成为"第一"。

希腊火神赫淮斯托斯是一名能工巧匠，他打造的工艺品精美绝伦，美神阿佛洛狄忒佩戴的首饰都出自他之手；他为智慧女神雅典娜打造的长矛，锐不可当，盾牌坚不可摧；赫赫有名的战将阿基里斯的铠甲就是由赫淮斯托斯打造的。战神阿瑞斯想让他打造一件天下无敌的武器，可是赫淮斯托斯却说，你不配用我制造的武器。赫淮斯托斯不喜欢他总是打打杀杀，破坏和平。

希腊英雄珀罗普斯即将大婚，天上众神没有合适的礼物，就请求赫淮斯托斯打造一个三角鼎当贺礼。后来三角鼎流落到了墨涅拉俄斯手中，墨涅拉俄斯的妻子海伦被特洛伊王子帕里斯拐跑的时候，帕里斯顺便也抢走了三角鼎。海伦认为这个鼎会给他们带来灾难，就扔进了海里。一天，一个米利都渔民没有打到鱼，却打到了这个三角鼎。

三角鼎出自神之手，又是大英雄珀罗普斯得到的礼物，即使一度落到墨涅拉俄斯之手，可墨涅拉俄斯也是阿伽门农的弟弟、斯巴达的国王啊。三角鼎赫赫有名，渔民太平凡了，不能据为己有。

三角鼎究竟应该归谁所有呢？米利都人去德尔斐神庙抽签，希望得到神的指引。得到的神谕是这样的：

　　米利都的子民们，关于三角鼎你们问过神吗？

　　在所有人中，谁的智慧第一，就把三角鼎送给他。

谁最有智慧？人们一想，泰勒斯最有智慧，就把三角鼎送给了泰勒斯。拥有三角鼎，就是拥有全希腊第一的称号，可是，泰勒斯却把这个鼎送给了别人。别人求之不得的"第一"称号，他却回绝了，真怪！

人们为什么要把三角鼎送给泰勒斯这位哲学家呢？

泰勒斯通过对时日的计算，第一个发现一年有365天。这可是在两千五百多年前，你说泰勒斯聪明不聪明？

以前人们基本上靠

农业种植来生存，但生活一直没有保障，原因之一就是对季节变换、时序节令无法把握。泰勒斯写了两篇文章——《论冬至和夏至》和《论春分和秋分》，划分出一年四季，排列好时序节令，让人们耕可以根据时序，种可以依照节令，收割可以按照季节，从此丰衣足食。这个贡献算得上第一吧！

泰勒斯是人类史上预言日食第一人，他发现了小熊星座，航海的人从此有了航海坐标，掌握了航海方向，再也不用担心跑远了找不到回家的路。

人稳稳当当地站在地球之上，谁也不会想地球上的万物是由什么组成的，就像人经常见到苹果和树，从来不会问苹果为什么是圆的，树为什么垂直生长一样。可是泰勒斯提出了"万物的本原是什么"这个问题，并提出了自己的看法，他认为万物的本原是水！这可是在探究世界的起源与组成啊！中国有五行说，认为世界由金、木、水、火、土五大元素组成，中国道学的"五行说"比泰勒斯更为全面。在西方，泰勒斯是第一个说出一切源于水，最主要的贡献是由此开启了对世界构成的思考，之后就有人开始探讨世界的起源以及物质构成。

泰勒斯的一些做法也很神奇，他能把自己的影子当尺子用，利用相似三角形的原理，最早测出了埃及金字塔的高度。

泰勒斯是理性主义哲学第一人，在几何学方面还创造了泰勒斯数学原理。

泰勒斯的智慧结晶远远不止这些，还有许多事例可以证明他是智慧的人，他创造的种种"第一"人们沿用至今。

泰勒斯这位哲学家家境贫寒，基本上没有穿过华贵的衣衫，人们就认为哲学家没有什么本领，创造出来的哲学肯定也没有什么用。有一年，泰勒斯把周边所有榨橄榄油的工具全部租了下来，大家莫名其妙，认为他穷折腾。泰勒斯善于通过天象了解季节变化，根据气候、日照和雨水等情况，他预测来年的橄榄肯定会大丰收。第二年，希腊的橄榄果然迎来了大丰收，大量橄榄要榨油，泰勒斯用租来的工具替大家加工，忙不过来时还把一部分低价租来的工具高价出租给别人，轻轻松松地赚了一大笔钱，很快富甲一方。泰勒斯很轻松就证明自己是一位有本领的人，平时不去认真挣钱，是因为他有比赚钱更重要的事要做，那就是仰望星空，研究哲学。泰勒斯之所以能挣到很多钱，那是因为他拥有渊博的知识，这也证明他的知识和思想十分管用。

泰勒斯在达马西俄斯担任雅典执政官时期，曾被评为希腊七贤之首。人们把三角鼎颁给他，实在是理所当然。可是，泰勒斯为什么把三角鼎给了别人，拒绝这个"第一"呢？

古希腊哲学大都是从研究大自然开始的，古希腊的哲学家其实也是科学家，这也就解释了后来人们为什么把哲学称为社会科学。泰勒斯是一位从大自然的万事万物中悟出许多规律与哲学道理的哲学家，他要经常观看星星，而且要到一些最适合观看天体运动的地方看星星。一天夜里，他出门看星星，没走几步，就掉进了沟里，黑灯瞎火的，于是他大呼救命。

一群姑娘听到呼救声，跑出来救人，一看是泰勒斯掉进了沟里，就说："泰勒斯，你连脚前的东西都看不清楚，还想知道天上的事情吗？你连黑夜都看不透，你还敢说万物的本原是水吗？"

这并不是嘲笑或讥讽，姑娘们的话提醒了泰勒斯，他认为自己确实有许多东西还没有看清楚，还有许多事物、许多规律没有弄懂。因此，他愈发勤奋地探索未知领域，卑己自牧。当人们把三角鼎赠给他，他转身便送给了他最佩服的也是他认为最有智慧的人，拒绝了"第一"的称号。

泰勒斯自认为自己在生活上有许多不足之处。他的母亲看他年龄大了，试着提醒他：儿子，该结婚了！泰勒斯说："尚不合时。"就是认为还早，还没有到合适的时候。泰勒斯整天忙着思考哲学问题，其他问题很少有时间考虑，他的母亲再次催他："儿子，再不结婚就晚了！"泰勒斯说："已不合时。"就是年龄大了，不再适合结婚了。泰勒斯一生没有成家，只有哲学与其相伴。由此泰勒斯自省，自己发现了天地间有春夏秋冬四季，万物都可以适逢恰当的季节生、适当的季节育，可是自己呢，就连"哲学"这么一件事都应付不了。钻研了一件事就错过了其他事，不知不觉地破坏了自然规律，他认为自己肯定不是一个有智慧的人。自己犯下的过错是弥补不了的，但他也从中获得启发，提醒人们不再破坏或者违背规律，不再过茹毛饮血的生活，用现代的话来说就是"理性生活"，"理性生活"就是由泰勒斯提出的。

泰勒斯很庆幸自己不是野蛮人，显然，野蛮人就是受本能驱使生活，文明人则是理性地生活。人类与动物距离拉开得越来越大，就是因为人有理性，能够过上一种理性生活。要是没有理性，可能就谈不上什么进化了，还是猿人的状态。

泰勒斯的一些怪事奇事趣事，很容易让人记住这位哲学家。不过有一句话最能让人理解泰勒斯，这句话就是：

"认识你自己!"记住了"认识你自己"这句话就记住了泰勒斯。有些人可能会奇怪,"认识你自己"?!难道人还有不认识自己的时候?还有忘了自己的时候?还有忘了爸爸妈妈的时候?还有忘了自己是中国人的时候?

现在还有人在问"我是谁,我从哪里来,我要到哪里去,我为什么要去那里,我要去干什么"。泰勒斯说"认识你自己",是说人需要不断认识。泰勒斯正是在认识自己的过程,发现对自己还没有认识清楚,发现对人还没有认识清楚,所以他拒绝三角鼎,拒绝第一。

孔子不是也说过"吾日三省吾身"吗!只不过泰勒斯强调他人的认识,孔圣人强调自我的认识,从大的方面说,都是强调对人的认识。孔子出生在公元前551年的秋天,泰勒斯没有他那般幸运,没有人知道他具体出生在哪一天,就连出生在哪一年都没有一个人记得,希腊人真不应该!不过还好,希腊人第欧根尼·拉尔修推断泰勒斯成果最丰硕的时候是在公元前585年左右。所以,泰勒斯和孔子这两位大哲学家基本上属于同一个时代。这两位大人物,一位在西方说:认识你自己;另一位在东方说:认识我自己。

看来认识自己很重要嘛。

公正与民权的捍卫者

——梭伦哭泣也理性

我拿着一面大盾，保护两方，不让任何一方不公正地占据优势；我制定法律，无贵无贱，一视同仁，直道而行，人人各得其所。

——梭伦

两千六百多年前的某一天，雅典中心广场正在举行神圣的公民大会。

"抓住那个疯子！""快抓住那个疯子！"到处都是喧哗的叫喊。

那么多人阻拦，一个头戴五彩花环的年轻"疯子"硬是冲进了会场。疯子手举诗稿，面色苍白、呼吸急促，大声要求传令官朗诵他的诗歌：

> 啊，我们的萨拉米斯，她是多么美丽多么丰饶，又多么令我们留恋；
>
> 让我们向萨拉米斯进军，我们要为收复这座海岛而战；
>
> 我们要雪洗雅典人身上的奇耻大辱，誓死捍卫荣光……

众人听完"疯子"慷慨激昂的诗作之后，群情激愤，要求与麦加拉人开战。

那一年，萨拉米斯岛被麦加拉人侵占了，雅典人想夺回自己的领土，和麦加拉人打了几仗，可是都以失败告终。最后雅典人举行公民大会，投票通过了一道法令：如果有人就萨拉米斯岛争端重开战事，将被处以死刑。这意味着雅典彻底放弃了这座岛屿。

有个叫梭伦的家伙急了！可是法令在先，谁要是重提这事鼓动开战，就得被处死。梭伦急中生智，装疯闯进中心广场，只用自己的一首诗，就点燃了雅典人心中的爱国热情，唤醒了他们的民族尊严——没想到诗的力量这么大！

怒火中烧的雅典人和麦加拉人重新开战。这一次，雅典人取得了全面胜利，不仅夺回了自己的土地，还让麦加拉人和全希腊其他城邦重新认识了雅典。他们发现即使目标看似不可能实现，但只要团结起来，坚韧不拔，什么事都干得成，这就是雅典精神。从此，其他城邦再也不敢小瞧雅典了，雅典很长一段时间成为全希腊的盟主。人们把这一胜利归功于梭伦，认为是梭伦运用他的智慧令众人觉醒。

梭伦之所以会铤而走险，还有一个重要的原因——萨拉米斯岛是他的故乡。

梭伦于公元前640年出生于雅典，去世于公元前558年，是一位著名

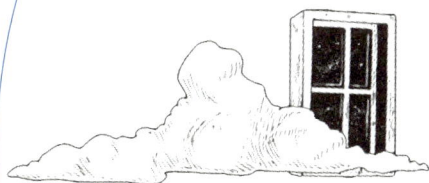

的改革家、政治家、哲学家，他制定了许多律法，因此他改革家的身份更为昭著。泰勒斯等人是运用自己的哲学思想影响当时的社会环境与大众，梭伦不一样，他用法律实践自己的思想，让人们看得到、摸得着他的观点和立场。

梭伦"失心疯"可不止一次！

有一次梭伦"疯"得更加危险，他手持长矛和盾牌闯入了公民大会，揭露了一个天大的阴谋。

梭伦有一个同族亲戚庇西斯特拉图，在公元前560年当上了雅典的僭主。庇西斯特拉图是个野心勃勃的人，为了巩固自己的权力，打算建立专制统治。梭伦察觉后，计划手持长矛与盾牌冲进公民大会，戳穿了自家亲戚的阴谋。梭伦本来是打算和军中的将领们一起当面推翻庇西斯特拉图，让他直接下台，如果这般肯定有一场激烈战斗。可是，将军们并没有响应，他自己一个人如同螳臂当车。

梭伦别无他法，便在中心广场上堆起了一大堆兵器，成天敲击着兵器，大声喊道：

我的母国，我——梭伦，准备用言辞和行动保护你，但我的一些同胞却认为我疯了。

因此我将走出他们中间，单枪匹马反对庇西斯特拉图；

而他们，如果愿意的话，便做他的鹰犬吧。

……

路过和围观的人都认为梭伦疯了，他"疯狂"的举动并没有让众人和他一起反对庇西斯特拉图，梭伦失望之至，心灰意冷之下就乘船去了埃及，后来还去过塞浦路斯。

梭伦在雅典具有很高的威望，他只用一首诗就能鼓动雅典人为收复领土而战，但这次为什么没有人响应呢？

梭伦流落海外时，庇西斯特拉图给他写了一封信。"尊敬的梭伦，我作为科德鲁家族的后代，只是收回了雅典人曾经起誓赋予科德鲁家族的权力而已，但在其他事情上，无论是关于神的，还是关于人的，在我的治理下都没有任何过失。恰恰相反，我让大家按照你制定的那些法律管理公共事务，取得了显而易见的成效……"

那个时候，雅典是按照梭伦制定的法律在运行，庇西斯特拉图执政后，仍然沿用这些法律，而且比以前治理得更好。雅典人都很务实，认为没有必要反对庇西斯特拉图的统治。

庇西斯特拉图在信中还说，他并没有因为梭伦揭露了他的意图而责怪他，希望梭伦回归雅典，"由于你我个人恩怨的缘故，万万不可断绝了与雅典的关系"。庇西斯特拉图的话语十分诚恳，他能够容忍拿着刀剑反对自己的梭伦，并不是人们印象中的暴君形象。

雅典有很多穷困的平民被生活所迫，以自己作为担保来借款，最后由于还不上债务沦为奴隶，丧失了公民的权利。梭伦推行的《摆脱债务法》让好多奴隶赎回了人身权利和财产，挽回了作为雅典公民的尊严。梭伦有着高尚的理想，其核心思想是人人自由平等，并且要把这些思想和观念变成现实。

中国古代有"战国七雄"争霸，古希腊也不是一个统一的国家，几个有实力的城邦比如雅典、斯巴达，也是为了霸主地位打得死去活来，最后雅典称霸时间较长，它为整个希腊做出的贡献也最大。雅典除了梭伦的法律，还有苏格拉底式教育，苏格拉底把雅典人从斗士、武士变成智慧型英雄，用智慧来实现远大理想。梭伦号召英雄为国家利益而战，对忠于国家和人民的英雄进行奖励，所以雅典的辉煌成就与梭伦制定的法律及思想成果关联极大。

有一天，庇西斯特拉图带着伤口出现在公众面前。

梭伦说："这是庇西斯特拉图自己制造的伤口！他试图以此赢得大家的赞美与歌颂，让众人赞颂他的勇敢、坚毅、伟大。"梭伦毫不客气，当场就揭穿了对方。

这可是万人敬仰的僭主啊！梭伦才不管那么多，只要是假的，就一针见血地拆穿。

屈原曾说过：路漫漫其修远兮，吾将上下而求索。两千六百多年前，整个人类都在寻找"真实"，求索的同时人也最容易被蒙蔽双眼，看不到真相。梭伦最痛恨虚假，如果他不揭露，人们颂扬的东西就全是虚无缥缈的，这多危险啊！

梭伦的本领这么大，成就这么多，照说什么地方都需要他，可是他长时间漂泊海外，过着居无定所的日子。泰勒斯给梭伦写了一封信，"如果你离开雅典，在我看来，在米利都建造你的住所，是最为适宜的，在那儿你不会遇到任何危险。如果你对米利都的僭主统治这一点感到烦恼的话——因为你憎恨所有的统治者，你至少会喜欢和我们这些朋友一起共度余生。"梭伦找不到一个合适的住所，原因是他反感当时所有的独裁者政治和腐朽的贵族势力。

有一年，梭伦受邀来到吕底亚国王克洛伊索斯的宫殿做客。克洛伊索斯是一位极有权势的大国君主，他穿着华丽而繁复的服饰，戴着五花八门的装饰高高地坐在王位上，问梭伦是否见过有谁比他更为美丽。

梭伦回答道："当然见过，雉鸡和孔雀，因为它们闪耀的是自然的色彩，远胜于这些人工所编织的色彩。"由此可见国王是自讨没趣。

但克洛伊索斯并没有生气，他继续问梭伦：您所遇到过的人中，谁是最幸福的？他之所以这么问，是认为自己是世界上最幸福的人。谁知梭伦却说，雅典的泰勒斯是最幸福的人。另外还有克列欧比斯和比顿两兄弟，他们的母亲要乘牛车去参加祭典，可是牛还在田里劳动，两人怕时间来不及，就把牛轭套自己的肩头拉着车把母亲准时送到祭典的场所。

这下，克洛伊索斯再也按捺不住怒火了，他怒斥道："为什么你如此狂妄，居然不把我的幸福放在眼里，甚至认为我还不如普通人？"

梭伦耐心地解答道："泰勒斯是备受人们爱戴与尊崇的贤者，他去世后整个雅典为他举行了最隆重的葬礼；而那两个年轻人把母亲送到目的地后，长眠于神殿旁。可是，您还很健康，还要活很多年，我们现在无法预测到您人生的终点，但神通常会让人瞥见幸福的影子，随后又把他们推向毁灭的深渊，因此只有完满的人生才能称为真正的幸福。"

梭伦打心底瞧不起克洛伊索斯，所以才有了这番教育，但无知的国王却又无可奈何，只能将这位扫兴的客人连夜送出境。

多年以后，克洛伊索斯带领军队与波斯打仗，最后不幸战败，做了居鲁士大帝的俘虏，对方将他架上柴堆处以火刑。面对熊熊烈火，克洛伊索斯想起梭伦对他说的话——"只有完满的人生才能称为真正的幸福"。克洛伊索斯深有感触，他仰天长啸："梭伦——梭伦——"

居鲁士感到疑惑，他让士兵停止行刑，便问克洛伊索斯为何连声呼喊梭伦的名字。

克洛伊索斯告诉他梭伦是一名真正的智者，曾经告诉过他幸福的真谛，但自己未能理解，如今才真正懂得他的用心。

居鲁士可不是等闲之辈，他是波斯帝国的开创者，充满雄心壮志且有勇有谋，经过一系列征战，彻底打败了米底、吕比亚、新巴比伦三个强国，威震八方，波斯帝国的壮大成为当时无法阻挡的历史趋势。听了克洛伊索斯的话后，他认为这件事对后人有警示意义，便赦免了对方。

梭伦的话不仅能救人性命，而且同时教育了两位国王。

梭伦对统治者的作为极为排斥，但奇怪的事情还是发生了。

公元前594年，梭伦成为雅典的执政官，一个最憎恨统治者的人，自己反而成为统治者。

梭伦制定了一系列重要的法律，包括有效期为一百年的"解负令"。同时，明确了不同阶级的人具有不同的权利、责任与义务；明确所有雅典人都有权利参加公民大会，参政议政；设立四百人的议会和陪审法庭；等等。梭伦执政的时候，雅典繁荣昌盛，人们安居乐业，拥护者也好，反对派也罢，大家都能做到求同存异。因此，梭伦改革与克利斯提尼改革、伯里克利改革被称为古希腊史上的"三大改革"。

智者就是这样，浑身都是责任感，浑身都是认真劲，即使不喜欢的事，只要是轮到自己做，也会认真地把它做好，会把原本不被看好的事情做到令人心悦诚服，这就是他们的智慧，也是他们之所以伟大的原因。

一件趣事，加上一则名言，人们就会永远记住一位伟人。梭伦总是为大事操心，对人也有许多忠告：如人要接受理性的引导；人要追求有价值的目标；若要发号施令，先要学会服从。他还说过，言语是行动之镜，沉默是言语的封条，时机是沉默的封条……几千年过去了，这些话仍然是意味无穷，对人们始终有着重要的指导意义。

但智者并不代表因为理性就放弃了情感。有一年，梭伦的儿子不幸夭折，他十分悲痛，无法抑制地痛哭。人们劝他：孩子已经走了，哭泣是无用的啊。梭伦回答：是啊，这正是我为之悲泣的原因，它确实没有用！

梭伦哭泣的不仅仅是儿子丢失性命，而是哭泣"悲伤为什么没有用"！那么梭伦的"疯"呢？他那看似失去理性的举动，实则都是由自己的理性主导的壮举……

智慧不分美丑

——皮塔科斯从不说人坏话

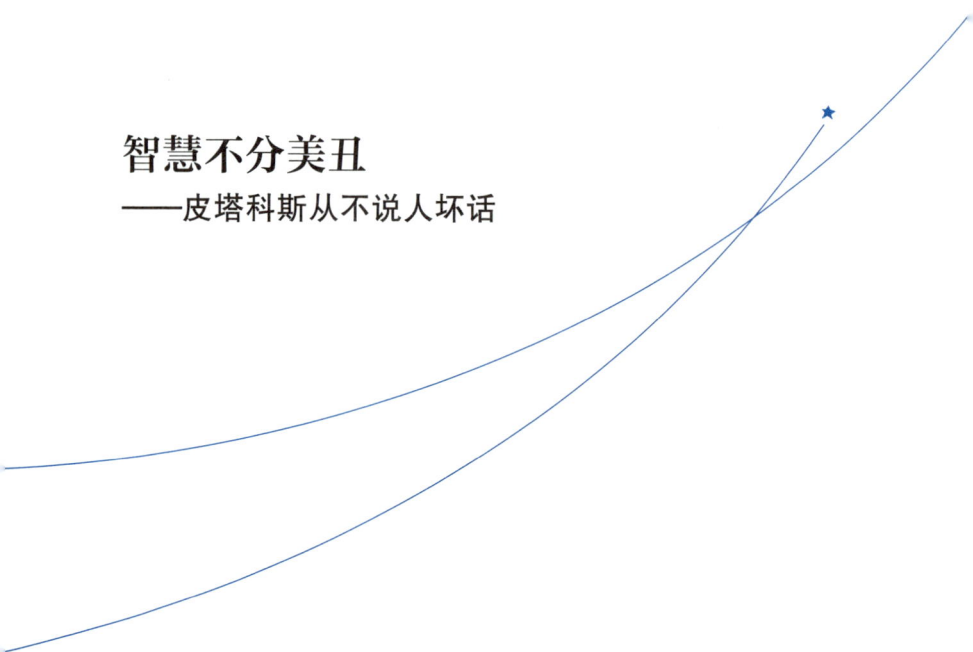

有一年，怒吼和叫嚣声直冲云霄，雅典和米提利尼两个城邦的大军在郊外摆开了决一死战的阵势。开战源于领土争端，双方都说阿赫勒斯自古就属于自己。为争夺这里，一时间战马嘶鸣，烽火四起，空气都仿佛被灼烧了，双方严阵以待，蓄势待发。

雅典军队的统帅是佛儒农，米提利尼军队的总司令是皮塔科斯。皮塔科斯嘴边总是挂着这么一句话："要兵不血刃。"由此可知这位统帅十分厌恶战争。

眼前的战争一触即发。

就在这时，皮塔科斯开口道："尊敬的佛儒农将军啊，我和您来一场单打独斗吧，避免双方将士做无谓的牺牲！我们对神起誓——胜利的一方将获得这块领土，败者不得违约重开战事，不得白白牺牲战士们的性命。"

古希腊人把承诺看得很神圣，他们诚实守信，一旦起誓，就绝不违背。违背誓言的人，活着的时候人们都不再信任他；死后灵魂会被打入由白臂巨人把守的塔尔塔洛斯（冥界），传说宙斯的父亲克洛诺斯等战败的泰坦也被囚禁在那里，承受着永世无法解脱的痛苦。

皮塔科斯大声说道："除了你我，双方将士也要对神起誓，要有一个共同誓约——违约违誓者，两军将士必须合而诛之。"

皮塔科斯话音刚落，整个战场一片哗然，一方欢腾一方忧虑。因为，皮塔科斯是一位哲学家，而佛儒农是一位出色的拳击手，他在奥林匹亚竞技运动会的拳击比赛中所向披靡，击败无数高手，最终取得了冠军。

佛儒农认为：就凭你皮塔科斯？一个手无缚鸡之力的读书人，一个哲学家。我！佛儒农，可是拳击冠军！真正的猛士！他认为捡到了一个天大的便宜，暗自高兴，欣然同意两人单挑。

哲学家和拳击冠军之间的决斗开始了。

米提利尼的士兵们手心直冒汗，心里直犯嘀咕：我们的统帅怎么会如此自不量力，不客气地说，简直是太愚蠢了，怎么能以己之短搏人之长呢？还有一些认为必败无疑的士兵索性闭上了眼睛，一个性情温和的哲学家怎么可能打败一名勇猛好斗的战士呢？

皮塔科斯左手持盾，右手执矛，冷静观察对方的一举一动。他小心翼翼地左右

腾挪，避开佛儒农暴风骤雨般的攻击，瞄准时机后便用藏在金盾后面的丝网，缠住了佛儒农，对方施展不开拳脚，越是挣扎反而被束缚得更厉害，最终在皮塔科斯的长矛下一命呜呼。

这场惊心动魄的决斗中，哲学家取得了胜利，阻止了一场即将血流成河的战争。领土的纷争得到了解决，雅典与米提利尼之间按照约定休战。

古希腊七贤之一的泰勒斯就踏上过战场，并且为国捐躯。苏格拉底、柏拉图也打过仗。苏格拉底还凭着自己的智慧和勇敢，多次冲入重围救出自己的学生。身经百战，出生入死，险象环生，苏格拉底都奇迹般地从战场生还，安然回到故乡，回到亲人的身边。哲学家上战场的事真是不少，但是像皮塔科斯和佛儒农——一位哲学家与一个奥运拳击冠军的对战实属罕见。

哲学家的胜利，让人们更加崇尚智慧了。

皮塔科斯经常遇到形形色色的人，也经常碰到形形色色的问题。

一天，一个阿开亚人对皮塔科斯说："我们必须找到好人。"皮塔科斯回答说："如果你过于执着，是不会找到的。"

人们问他："什么是讨人喜欢的？"

皮塔科斯说："时间！"

"什么是看不见的？"

皮塔科斯说："未来！"

皮塔科斯还对人们的问题做出详细的解释，并提出自己的观点，比如他曾说过："在烦恼出现之前，预防它出现，这是精明者的做法；而在烦恼出现之后，去面对处理，这是勇敢者的做法。"皮塔科斯还说："半途而废，你会遭到嘲笑！"甚至还有一句话体现了他的高尚品格："不要说朋友的坏话，也不要说敌人的坏话。"

生活在古代的希腊，人们总能发现问题，也爱提问题。有智慧才能发现问题，而庸者一般小瞧问题。

"人为什么长一个不规则的圆脑袋？"

"为什么不把人的两只眼睛，分出一只长在后脑勺上？"

"既然是胃消化食物，嘴巴为什么不长在肚子上？"

这都是一些当时常见的问题，却没有人能回答出来。

皮塔科斯的妻子是佩恩提洛斯的女儿，德拉孔的姊妹，社会地位很高。他妻子比他年长不少，性情急躁，对他的态度也十分傲慢，不过皮塔科斯却很豁达。豁达并不是指哲学家们一味地追求高尚，豁达与大度来自他们懂得的道理。

皮塔科斯天生是扁平足，步态异常，呈外八字，有个叫阿尔开俄的人经常嘲笑他。除了足疾之外，皮塔科斯是五短身材，人们常拿这些缺陷取笑他。

皮塔科斯对开玩笑的人说："神给了我智慧，给我比你们多一点的丑陋，我很满足。因为我另一方面获得的比你们要多。"

皮塔科斯比较大度，因为他觉得一个人的智慧比美丑更重要！人们笑他丑，那是缺乏智慧的行为。他内心深知那些嘲笑他的人不能理解其中的道理。

除了丑，皮塔科斯还有什么能让人嘲笑的呢？答案是没有。一天，人们又取笑他长得丑，皮塔科斯说："你们只能分辨容貌和形态之美，智慧美丑，你们能分辨吗？"

取笑他的人根本没有想到皮塔科斯会提出这个问题。皮塔科斯接着说："无人知晓吧。"

皮塔科斯指指自己说："看看我吧！我告诉你们，我和智慧一样，形式是难以令人接受的，但本质上是美的。所以，即使我的长相实在是无法恭维，但也是按照智慧的程度来生长的，这也便是我丑的依据。"

所以说，无论是过去还是现在，抑或将来，智慧和内涵才是一个人在日常生活中真正有价值的东西。

哲学家总能预料到世界的变化，但是阻止不了世界的改变，他们也总是希望世界变得更好。因此，皮塔科斯鼓励人们保持虔诚、克制，对万事万物要有敬畏之心，对不幸之人要有同情心，并且要不懈地追求真理。为了让人们做到这些，他说了一句耐人寻味的教诲："认识你的适当！"

一天，一位陌生的男青年来求教皮塔科斯，说："尊敬的皮塔科斯，我正面对着两个求婚者，一个姑娘与我同龄，而且家境富有；另一个比我年龄稍长，家境甚至不如我。请问哪一位更适合我呢？"

此时的皮塔科斯已经是一位老人了，他举起自己的手杖，说："看看那边，那边的孩子们会告诉你答案的。"

青年看过去，在一个三岔路口的平地上，孩子们正在抽打陀螺，陀螺在不停地旋转。

他有些犹豫，皮塔科斯对他说："走过去，跟上他们的步子。"受到鼓励后的青年走了过去，走到近处的时候，听到抽打陀螺的孩子们在互相叮嘱："守住你自己的本分。"

于是青年放弃了与那个富有姑娘结婚的念头。

皮塔科斯年富力强的时候，米提利尼人曾通过公民大会把统治者的权力托付给他，让他做米提利尼城的国王。皮塔科斯担任国王的十年里，整个城邦变得秩序井然、生机勃勃。人们挽留他继续担任国王，但他自己主动放弃了。为了感谢皮塔科斯为城邦做出的努力和贡献，米提利尼人以他的名字命名了一块物产丰饶的土地，直到现在的希腊还能找到这个地方。米提利尼人赠给他的这块土地面积很大，皮塔科斯只在其中很小的一部分上生活，他回应人们的热情和慷慨："一半比全部更多！"

一半比全部更多？

这道数学题皮塔科斯是怎么算出来的？如何得出这个结论？我想这不是一道普通的数学题，而是一道哲学题。

要解决这道难题，别忘了皮塔科斯的这句话——认识你的适当！

上岸的船最安全

——阿那卡尔西斯是学说话的榜样

葡萄树上结了三种葡萄：第一种是快乐，第二种是麻木，第三种是厌恶。

——阿那卡尔西斯

"要像斯库提亚人那样说话"是一句流传很广的箴言，这句话来源于哲学家阿那卡尔西斯。

　　出生于斯库提亚的阿那卡尔西斯性情耿直、善良真诚、宽厚豁达，在日常与人交往中直言不讳，从不阴阳怪气，从不拐弯抹角，从不含沙射影。他说话很有技巧，往往令人心悦诚服，但其真诚的态度却从未被技巧所破坏掉。

　　阿那卡尔西斯的故乡斯库提亚自古以来便是一块游牧之地，他父亲叫古努若斯，是原住民，母亲则是希腊人，这让他比别人多掌握了一门语言。

　　那么，阿那卡尔西斯究竟是怎样说话的呢？

　　有一年，阿那卡尔西斯来到希腊，他对这个地方有着天然的感情，也十分好奇。古希腊的竞技活动十分流行，母亲的家人与亲朋请他观看比赛，用这种方式来招待这个远道而来的外甥。

　　但在观看的过程中，阿那卡尔西斯突然说："希腊人啊，为什么有技巧的人在比赛，而没有技巧的人却在担任裁判呢！"

　　外甥突如其来的发问，亲戚们会听出什么味道来呢？有一点可以肯定，他们听了这话并没有不悦，只是暗暗感叹，这都能发现问题挑出毛病！希腊的政治、法律、民主、哲学——希腊人所有智慧的结晶都是通过答疑解惑积累下来的，阿那卡尔西斯的问题令众人陷入深思。

阿那卡尔西斯游历了希腊各地，参观了希腊人引以为傲的法院。他说，他对希腊发生的事情感到惊讶：为什么人们会给那些激烈厮打的斗士以荣誉；希腊人以诚实著称，为什么却在买卖交易中说谎；为什么希腊人在宴饮开始的时候都用小酒杯喝酒，当他们喝多了的时候却改用大酒杯喝呢？

在公元前600年左右，希腊与斯库提亚相比，社会文明程度高度发达。而阿那卡尔西斯却在希腊的两个地方——市场和宴会，了解了民风、洞悉了人性。

虽然阿那卡尔西斯的母亲是希腊人，但对希腊的敬仰也无法抑制他的直率。希腊盛产葡萄，很早就有了酿酒技术，还流传着酒神狄俄尼索斯的各种神话传说。阿那卡尔西斯在希腊时自然熟悉了葡萄，这种水果在斯库提

亚是不多见的。但他却说,葡萄树上结了三种葡萄:第一种是快乐,第二种是麻木,第三种是厌恶。初听起来,人们都很费解,当希腊人听到阿那卡尔西斯的另一句话后,这句话就显得意味无穷了。

一天,一个希腊人问道："阿那卡尔西斯,斯库提亚有没有笛子?"

阿那卡尔西斯回答说："没有,也没有葡萄树。"

希腊的笛子吹奏出美妙的音乐,令希腊人感到荣耀,但希腊拥有葡萄就不一定令他们感到荣耀了。阿那卡尔西斯想啊,希腊很早就有饱含民主精神的法律了,法律捍卫社会的公平正义,这也能看出希腊尊崇理性,有分寸地抑制人的感性与本能,并且崇拜太阳神阿波罗和酒神狄俄尼索斯。阿波罗代表理性精神,而酒神狄俄尼索斯代表感性与欲望。可是,希腊到处都是葡萄藤。阿那卡尔西斯回答那个人说,他的国家没有笛子,也没有葡萄树,一个国家没有"笛子"固然遗憾,没有葡萄树就不一定那么遗憾了,在那个时候至少杜绝了饮酒作乐这类驱使本能欲望的行为来破坏人的理性。

雅典的梭伦是改革家、立法者,他制定并经公民大会表决通过了一条法律:官员如果醉酒寻衅滋事,将被处以极刑。这是多么严厉的法律啊!梭伦认为官员代表秩序，首先要保持清醒，保持理性，才能保证整个城邦不出问题，才能保证民众过上公平公正的生活。可是，没有哪一个希腊人从葡萄树上看出三种不同的"葡萄"，只有阿那卡尔西斯看出了，他用哲学家的眼睛分辨出了事物的利弊。由此可见，阿那卡尔西斯对那个炫耀者的反击很巧妙，也没有隐瞒态度与观点，真是学说话的榜样。

阿那卡尔西斯在希腊游历了很长一段时间，一是母亲的亲戚众多，个个都要盛情款待他；二是希腊的海洋文明深深吸引了他。希腊一少两多：平原少，山地多，海域多——有地中海、爱琴海、克里特海、伊奥尼亚海、米尔托翁海、亚得里亚海等等，几乎被海洋所包围。古希腊人一年中大约有一多半时间生活在大海上。海上有风暴、巨浪、海啸等不确定的变数，但古希腊人不畏艰险，制造出船只，在广阔的海洋上航行劳作，不停地探索，久而久之形成了开放的性格和伟大的海洋文明。此外，深邃且充满未知的大海令希腊人居安思危，因此他们的忧患意识很强，在这种环境下催生了务实的精神和强大的决断能力。

阿那卡尔西斯在给吕底亚国王克洛伊索斯的一封信中说道："吕底亚的国王啊，我已经来到希腊人的国度，学习他们的风俗和生活方式。我到这里来，决不乞求金银财富，如果我在希腊学成回到斯库提亚时，成为一名更优秀、良善的人，我便心满意足了。"阿那卡尔西斯不光具有敏锐的观察力，还很会学习，不仅会说，还特别会做。固定大船的锚以及陶工用来制造陶器的旋转盘，就是由阿那卡尔西斯发明创造的。

有一天，一个希腊人试图用一个讨巧的方法炫耀希腊的发明创造，他问阿那卡尔西斯：什么船最安全？阿那卡尔西斯不假思索地指着岸上的船说：那些被拖上岸的船最安全。简单的回答怼得对方说不出话来。古希腊人用船最多，一直在考虑船的安全因素，也一直在改进船的性能。看到希腊船只的甲板只有四个手指的厚度，阿那卡尔西斯说：船上乘客离死亡的距离只有四个手指。阿那卡尔西斯不是讽刺，他是在提醒希腊不要一味地追求性能而忽视了船只的安全。

阿那卡尔西斯带给希腊许多启发。公元前490年的春天，波斯帝国的国王大流士一世率领大军入侵希腊，雅典战士在马拉松以少胜多，大败波斯军队。但转眼间和平的十年时间过去了，公元前480年9月，波斯的国王薛西斯一世和他的军队第二次入侵希腊。波斯帝国派出的海军战舰有六百多艘，雅典迎战的军舰只有三百来艘，实力悬殊。雅典的舰队且战且走，波斯海军不知是计，六百多艘战舰挂满风帆，摇动所有桨橹，乘胜追击。雅典军舰一直退守至萨拉米海湾，所有战舰突然掉转船头，埋伏在萨拉米海湾的其他战舰也扬帆出击，轰轰烈烈地冲向波斯海军战舰。萨拉米海湾比较狭窄，波斯人制造的军舰舰体庞大，十分笨重，无法施展开来战斗。而雅典的舰只精巧灵活，船头专门安装了特别的撞击器，甲板也都进行了加固。雅典的海军将士们划动木桨，借着风势，只用了八个小时左右的时间，就把波斯的军舰全部歼灭在萨拉米海湾。

"船上的人离死亡的距离只有四个手指！"阿那卡尔西斯的警言犹在耳畔，希腊人从中悟出了道理，加固了所有舰船的船体。希腊人离死亡远了，离胜利近了。萨拉米海战的胜利，奠定了第二次大战中希腊联军取得全面胜利的基础。

有个希腊人问阿那卡尔西斯，什么东西既是好的，也是坏的？

阿那卡尔西斯坚定地答道："舌头！可不，舌头既能唱出赞歌，也能说出毒言；既能道出真理，也能制造谬论；舌尖上滚出的语言既可获得赞扬，也会惹来杀身之祸，舌头可不就是既是好的也是坏的东西吗！"他的答案，告诉人们既要看到事物好的一面，也要看到事物坏的一面；听他人的话，既要从中听到好的意思，也要听出坏的意思。这就是阿那卡尔西斯的朴素辩证法。

一天，阿那卡尔西斯来到梭伦的宫殿门前，他要侍卫通报对方：他已经来了！阿那卡尔西斯游历希腊，他当然知道梭伦的伟大和成就，期盼着与他见面，与他当面讨论问题，他预感双方将成为知己。

侍卫通报后，梭伦吩咐他："你去告诉阿那卡尔西斯——客人来自脚下的这片土地。"侍卫把话带到后，阿那卡尔西斯立刻回应道："我已身处这座城邦之中，用脚步丈量着这片土地的丰饶与智慧，与生活在这里的民众无异。"

真诚是阿那卡尔西斯成为学说话榜样的基础。梭伦被他真诚、直率的态度所打动，将他作为贵客对待，经过交谈，两位智者还真的成为彼此一生中最重要的朋友。

真诚、富有智慧且直言不讳的人，谁都会欢迎。诚实、率真，有真才实学、真知灼见且直言相告的人，才是说话的榜样、真正的朋友。

一个奴隶成了哲学家

——伊索讲故事

奴隶说的话，会有人听吗？在古希腊，奴隶可是身份最卑微、地位最低下的人，当时的贵族势力只会看重奴隶的劳动，而不会重视奴隶的话语。

有一个奴隶主让自己的奴隶去浴场看看人多不多。奴隶回来对主人说："今天浴场只有一个人。"

拿上换洗的衣服和洗浴用品，主仆二人一起来到浴场，一看，嘿！满澡堂子乌泱乌泱的都是人。主人不高兴了："澡堂这么多人，你怎么说只有一个人呢？"

这个奴隶回答道："我来到这儿的时候，在浴场门口看见往里面走的人特别多。门口有一块石头绊倒了不少人，可是每个被石头绊倒的人爬起来，把将石头放在这里的人咒骂一通，然后拍拍被摔疼的屁股便走了进去，没有一个人将这块石头搬开。"

主人哼一声："是吗？"

奴隶接着讲："不一会儿，又有一个人来到浴室门口，也被那块石头绊倒了。那个人也骂了一句：哪个混蛋把一块石头放在这里！他爬起来，搬走了那块石头，避免绊倒其他人，然后才走进浴室。"

奴隶对主人说："别人被绊倒后只会骂人，而不会去搬走石头，只有一个被绊倒的人搬走了石头，免得绊倒其他人。我认为只有他才称得上是一个真正的人。"

主人觉得有道理。一个奴隶讲的话，主人听了，而且还信了。

继续说说这个奴隶。一天，他走在大街上，突然一个法官走过来问他："你要到哪里去啊？"

奴隶说，不知道啊！

法官见他身份卑微，又不知道自己要到哪里去，怀疑他是坏人，让士兵把他关了起来。法官前来审讯，这个奴隶说："大人，我确实不知道我会碰上你，也不知道会进监狱。你现在相信我'不知道要到哪里去'是真话了吧！"

法官一听，说得有道理啊！他确实不知道会进监狱，他说的是真话，于是便把奴隶放了。这是第二次有人信奴隶的话，而且还是一位法官信了奴隶的话，并肯定了他的道理。

奴隶一般只听主人的使唤，被人呵斥、轻视，基本上没有人听他们说话。如果有人愿意听他们说话那肯定是极有道理的话。后来，国王也听这个奴隶的话，全世界的人也在读这个奴隶的书。这个让主人、法官、国王和我们小读者都听他道理的奴隶，便是古希腊的哲学家伊索，在中国，我们称他寓言家或文学家要更多一些。

伊索于公元前620年出生在希腊，一直到公元前560年去世。哲学史家第欧根尼·拉尔修说得比较具体：伊索是佛里吉亚人，生活在小亚细亚，一生中很大一部分时间都是奴隶。

伊索从小就相貌丑陋，不会说话，嘴里只能发出呜哩哇啦的声音，因此人们都不愿接近他，离他远远的，只有母亲疼爱他。伊索的母亲是一个很会讲故事的人，不管伊索会不会说话，每天都要耐心地给他讲故事。

母亲去世之后伊索寄居在舅舅家，可是舅舅不喜欢这个又丑又哑的外甥，一个好心的老人收留了伊索，带着伊索四处流浪。屋漏偏逢连夜雨，伊索唯一的监护人不久后也因病去世了，伊索为了生计成了奴隶。

有一天，他做了一个梦，梦见命运女神堤喀微笑着向他走来，让他张开嘴，女神把一根手指放在伊索的舌头上，他的舌头逐渐由僵硬变得柔软。伊索醒来后发现自己会说话了，很快，他便开始讲各种各样的寓言故事了。一个奴隶，没有书本和教导，相伴最多的是石头与土地、山川与河流、动物和植物，伊索的故事来源于现实生活，所以他讲述的对象也都是植物、鸟类和昆虫。

少年时期的伊索四处流浪时，接受了成长的种种磨砺；失语的时候，他在默默地观察思考；沦为奴隶的时候，他在辛苦劳动，体会生活的酸甜苦辣；会说话的时候，他把苦难与感受编成故事；人身获得自由之后，他把自己思考出来的道理讲给天底下的所有人听。

哲学家在古希腊备受人们尊敬，可以著书立说或开学院教育学生。苏格拉底这样家庭贫困的哲学家办不起学院，就到菜市场、竞技场，往人多的地方一站，开始给人们讲道理。可是伊索是一个奴隶，没有自己能够支配的时间，每天还有超负荷的劳动。起初，他只能给身边的奴隶朋友讲故事。

伊索被当作奴隶卖来卖去不知卖了多少次，第一次被卖给了一个牧羊人，第二次被牧羊人卖给了放牛人，第三次又被卖给了小商人，不知是第几次，才被卖到了希腊萨摩斯岛上的雅德蒙家。雅德蒙酷爱听他讲故事，被其智慧所打动，就给了伊索渴望已久的自由。从此，伊索不再是奴隶，是希腊公民中的一员，有了说话和讲故事的权利。

伊索的寓言一开始在奴隶中流传，后来在平民大众中流传，最后风靡整个希腊。得墨特里奥斯编辑了希腊第一部寓言故事集，把所收集到的寓言全部归到伊索名下，《伊索寓言》在几千年内流传到了全世界。

只要读过《伊索寓言》的读者无不被其智慧和机智

所折服，于是人们把伊索和法国的拉·封丹、德国的莱辛、俄国的克雷洛夫并称为世界四大寓言家。其实，伊索既是寓言家，也是哲学家，与其他哲学家不同的是，他通过寓言故事传递自己的哲学思想。伊索曾经在浴场讲给主人听的那段话，是在用一个故事论证"什么是人"——这可是一个最基础最典型的哲学话题，人们自古谈论至今。伊索在监狱对法官讲的那段话，也是用寓言论证"可知"与"不可知"——"可知"就在"不可知"当中，"不可知"就是"可知"的结果，这也是目前还在困扰人类学者的一个问题。

一个炎热的夏天，狐狸穿过一个果园，停在一大串成熟而诱人的紫葡萄前。狐狸心想，我正口渴呢。于是它后退几步，向前一冲，跳起来，却不够高，没有衔着葡萄。狐狸再后退几步，再度跃起，一次、两次、三次……但始终未能吃到葡萄。无可奈何的狐狸放弃了，虽然沮丧，但它昂起头，一边离开一边说：我敢打赌，这葡萄肯定是酸的。

这是伊索广为人知的一则寓言——《狐狸和葡萄》，后来人们总结成了这么一句话："吃不到葡萄就说葡萄酸！"得不到就想办法找借口拼命贬低得不到的东西。如果一个人没能成事，明明是能力不够，意志力不强，却说时机不对来平衡自己的心态。就比如两个小朋友一起做模型，一个做成了，另一个没有做成的小朋友说：这算什么呀，我是不愿意花那些功夫，我的时间是用来做更有价值的事情，要是我认真起来，肯定比他做得更好。所以说，我们身边就有这种"酸葡萄心理"，或者说"狐狸心态"。

一天，伊索讲了一个《两个口袋》的故事：普罗米修斯创造人，给每个人挂上两个口袋，一只装别人的恶行，另一只装自己的恶行。他把那只装别人恶行的口袋挂在前面，把装有自己恶行的口袋挂在后面。因此人们只能看见别人作恶，却看不到自己的恶行。

人总是爱挑别人的缺点，而无视自己的毛病，这种现象十分普遍。一个读了这则故事的人兴高采烈地说："大家知道了吧，人之所以只能看见别人的过错，看不到自己身上的毛病，是因为普罗米修斯把口袋挂错了地方。"瞧瞧，被伊索说中了，人不仅只挑别人的毛病，还能从神的身上挑出毛病——这充分暴露了人的劣根性。一个人读伊索的寓言，只单纯把它当作故事来欣赏，不会进行深入思考，就会暴露出自己的缺陷。

古希腊人的智慧就在于能发现问题，能够提出问题，之所以能够不断进步就在于能解决问题，在这个过程中积累经验和技巧。那个时候的希腊人特别爱提问题，伊索在获得自由之身后，在希腊到处走动，他去过吕底亚，去过雅典，在集市逗留，替平民百姓解决问题；也曾在王宫做客，替国王解决问题。吕底亚的国王克洛伊索斯识人善用，他慷慨地资助伊索漫游名胜古迹，考察社会风情，同时委派他在雅典、柯林斯等地进行外交活动，伊索有趣不乏道理的故事是平息紧张局势、凝聚人们共识的良方。

但是有一次克洛伊索斯为了显示自己的宽厚与仁慈，执意让伊索前往德尔菲，把一大笔黄金分给当地的民众。大家见到黄金后无比惊讶，开始你争我抢、恶语相加，完全不顾道德伦理，彻底放弃了亲情和友情。伊索试图劝阻失去理智的人群，但收效甚微。他大失所望，愤怒地收回了金子，却最终被陷入疯狂的当地人推下了悬崖……

伊索这一生，可以说是经历了太多太多，但他没有被生活磨平棱角，没有在鞭打和屈辱中褪去自己的锋芒，更没有在获得自由和尊重后忘乎所以。

因此，他和他的寓言都是永恒的。

为什么人类一思考上帝就发笑
——密松之笑

不要从理论出发来探寻事实，要从事实出发来
探寻理论。

——密松

密松，是阿波罗指定的所有人中最为精明者。

——希珀纳克斯

说到笑，有很多种——大笑、欢笑、微笑、苦笑、哭笑、憨笑、痴笑、窃笑、讪笑、调笑、狂笑、坏笑、诡笑、狞笑、阴笑、奸笑、冷笑、假笑、怪笑、耻笑、讥笑、嘲笑……这些笑都算不上是神秘之笑，这些笑的意图都太明显了。

人们一直认为达·芬奇创作的名画《蒙娜丽莎》中的微笑最为神秘，她微笑的对象是一个画她的画家，或者是一个物件，又或者是一只动物？只要弄清楚她面对的是什么，就知道蒙娜丽莎微笑的秘密了。

有一天，一名路人在拉刻蒙代尼这个地方看见一个人在独自发笑。路人左看看右瞧瞧，对方的四周空无一物，什么东西都没有，路人觉得奇怪，壮着胆子问道："你在笑什么呀？"

那个人却说："正因如此，我才发笑。"

这个回答让路人觉得这个人的笑更加诡秘了，身上顿时起了一层鸡皮疙瘩，心里冒出丝丝寒意，看了那怪人一眼后，头也不回地跑走了。

在拉刻蒙代尼独自发笑的是哲学家密松。

人可以简单地分成孩童和成人两大类，孩子难受时只会哭不会笑，孩子一般欢乐的时候才会笑，他们的任何笑都不神秘。成人的笑可就不一样了，往往不同的意图便会呈现出不同的笑容。

密松大约生于公元前600年，与他同时代的哲学家阿那卡尔西斯自命不凡，到处打听有没有人比自己更具有智慧。他走遍了整个希腊也没有人能与其相提并论，最后他求教于皮提亚女巫。女巫说："有个叫密松的人，我敢断言，他在智慧方面胜于你。"

面对这样的答案，阿那卡尔西斯很不服气，他亲自来到密松居住的村庄，要面对面地和他比试一下谁更最具有智慧，更有思想。他一走进密松的村庄，就看见对方在给耕地的犁安装犁头。阿那卡尔西斯可兴奋了，对密松大声喊道："喂，密松，现在可不是用犁的季节！"

密松不紧不慢地回答："这恰好是修理犁的时候！"

阿那卡尔西斯还未了解清楚别人在干什么便提出了质疑。凡是听说过这件事的人，两人的水平孰高孰低心中立即就有了答案。

而另一位古希腊哲学家希珀纳克斯则对他毫不吝啬赞赏："密松，是阿波罗指定的所有人中最为精明者。"

在古希腊，一般认为理性的人要比感性的人聪明。阿波罗是太阳神，是理性的象征，神明指定的人肯定是一个理性的人。柏拉图是整个西方文明中最伟大最卓越的哲学家，谁也不敢否定他的聪明才智，他这么有智慧的人也曾肯定过密松，在《普罗泰戈拉篇》中，他将密松列入希腊七贤，与米利都的泰勒斯、米提利尼的皮塔科斯、普里耶涅的彼亚斯、雅典的梭伦、林杜斯的克莱俄布卢斯、斯巴达的喀隆相提并论，这个群体代表当时希腊文明智慧的极致。

这么一位有智慧的哲学家，一个人无缘无故地独自发笑，他的笑令人百思不得其解，成了世界上最神秘的笑——密松之笑。

很早很早以前，就流传着这么一句犹太谚语：人类一思考，上帝就发笑！思考是理性的表现啊，人思考不是好事吗？上帝为什么会嘲笑思考的人类呢？

法国哲学家帕斯卡尔说："人，不过是一根思考的芦苇。"这说明了一个道理，在大千世界之中，人并不比其他物种优越，唯一的不同之处就在于人能思考，思考才让人成为万物之灵长。帕斯卡尔充分肯定人的思考和理性，但他之所以会这么说，实则也是在提醒人们千万不要懒惰、不开动脑筋。

波斯帝国发现自身强大才是真理，于是殚精竭虑地思考如何扩张疆域。他们看到希腊的宫殿高大雄伟，看到希腊人穿着华丽的衣裳，戴着华丽的首饰，看着他们的宴会上饮用的是美酒佳酿。于是波斯帝国发动了侵略希腊的战争，想把希腊人的好东西统统掠夺过来。可是，一场马拉松战争，雅典的战士们击溃了强大的波斯军队，波斯人付出了沉重的代价，盲目追求强大却毁了自己的根基。由此可见思考的方向出现偏差，也是一件令人担心的事！

人思考如何变得强大，如何让生活变得更好，可是强大之后又去打仗，把自己的好日子也弄丢了。这样的思考，哲学家们能不担心吗？这样的思考，上帝能不发笑吗？

密松留下来的哲学著作很少，流传下来的格言警句也不多，原因是他生活在偏僻的乡村。村民们知道村里有一位大哲学家，但村民们忙于劳作，一年四季忙着种橄榄种土豆种地瓜，没有时间听密松演讲。这个村庄也没有人外出经商，而古时候又没有报纸、电视机，更没有手机，无法上网，因此密松的哲学思想传播的范围有限。

当时的统治者佩希斯特拉托斯特别爱演讲，在议会上要讲，在竞技会上要讲，在公民大会上也要讲。这位国王演讲时特别喜欢引用密松的哲学思想，所以后人把密松一部分的观点归到了佩希斯特拉托斯的名下。

不过，密松最重要的思想成果还是以其个人名义保留了下来。

他说："不要从理论出发来探寻事实，要从事实出发来探寻理论。"

密松这么说的理由是，不是为了理论而完成事实，恰恰相反，要根据事实才能总结出理论。树不可能按照理论生长出来，河流不可能按照理论流淌，鱼不可能按照理论游来游去。事实不是因为理论而产生，事实不可能因为人的主观愿望而产生。一只鸡蛋，不是有了"鸡蛋"这个名词，鸡才会去下蛋。人们接触到这种自然现象，认识到这个事实，才给它取名叫鸡蛋。

密松这句话带有告诫的意味，可见当时人们的认知与他讲的恰恰相反，而且情况还很严重——可能当时的人们认识事物的出发点都是主观的，无法真正地看待现实。理论与事实、主观与客观，本末倒置，密松发笑之后，因此有了这番严肃的告诫。

虽然希珀纳克斯说密松是太阳神阿波罗指定的智者，但是密松毕竟不是神明，他仍然是一个在田里劳作，在人群中走来走去的普通人。密松的笑，肯定与上帝的笑截然不同，他是一位哲学家，具有对人类的悲悯情怀和传承文明的使命感。

因此，他的笑，没有任何轻蔑的意味，相反，还包含着一种巨大的善意。

把歌唱得更好

——阿那克西曼德与无限

万物的本原是无限者，因为一切都生自无限者，一切都灭入无限者。

——阿那克西曼德

一天，哲学家阿那克西曼德的歌声被一个孩子听到，小男孩走上前，认真地对他说："您的歌声真难听。"

阿那克西曼德停止了唱歌，说："好吧，为了孩子，我必须把唱歌的技巧练得更好！"

从此，"为了孩子"成为阿那克西曼德思考做事的出发点，而他做任何事情都比照"把唱歌的技巧练得更好"这个目标来做。

"把唱歌的技巧练得更好"的目标很具体，阿那克西曼德的方法就是提出问题，然后再解决问题。他是第一个使用日晷的希腊人，并且按照自己对地球的了解绘制了世界地图。我国古人在西周时期就有了日晷和区域地图，中亚的巴比伦人和埃及人接受、运用这些技术也都遥遥领先于希腊人。

古希腊人的创造发明深受哲学思想的影响。阿那克西曼德绘制出的世界地图，就体现了他的宇宙论——对宇宙的理解。他认为天体环绕北极星运转，所以他把天体描绘成一个完整的球体，而不是一个大地上方的半球体，由此球体的概念出现在天文学领域。几十年之后，他的学生——古希腊数学家毕达哥拉斯，才在老师的基础上明确提出了地球是球体的概念。

阿那克西曼德生于公元前610年，直至公元前545年离开人世。他出生在位于安纳托利亚西海岸线上的米利都，是帕西亚德斯之子，同时据传是"西方科学和哲学之祖"泰勒斯的学生，也是米利都学派中的一位重要人物。米利都学派的最大特点就是摒弃了古老的神话传说，试图用科学、合理的解释代替诗人的想象和超自然现象，敢于用人类的理智来面对万事万物。

米利都学派的核心人物——泰勒斯、阿那克西曼德、阿那克西美尼、阿那克萨戈拉，他们之间都是师生关系。泰勒斯是学派的创立者，他认为万物的本原是水，阿那克西曼德这位学生则认为万物的本原是无定，是变化，不过他还补充了一句：世界从它而生，又复归于它。阿那克西曼德刚推翻老师的观点，他的学生阿那克西美尼很快又推翻了他的观点，认为万物的本原是气体，不同形式的物体都是气体的聚和散的过程产生的。再后来，阿那克西美尼的学生阿那克萨戈拉提出了"种子说"，不同性质和体积的种子是构成世界的最初元素，此外还有一种名为"奴斯"的力量在起作用，推动种子的分离和结合。这无异又推翻了他的老师与师祖们的观点。直到阿那克萨戈拉的学生（当然，这个说法是由一些古代传记作者提出的，并未得到充分的证实）——苏格拉底的出现，他没有参与学说的论辩，而是掉转了方向——研究人。哲学史家第欧根尼·拉尔修认为苏格拉底结束了自然主义哲学的争鸣，把西方伦理思想推到了台前。

"把歌唱好"的初衷首先得发现问题，但很多人通常发现不了问题。人们生活在寰宇之中，面前不是没有问题，而是被问题包裹住了，因而看不到问题，正所谓"不识庐山真面目，只缘身在此山中"。所以说，哲学家是最清醒且理智的，提问一度成为他们思考的责任。

阿那克西曼德的"起点"和"目标"，不仅影响到了身边的学生，还影响到了许多致力于哲学研究的后辈。

阿那克西曼德的"徒孙"阿那克萨戈拉是贵族出身，祖上留下了丰厚的家产，但他对经营家产、累积财富不感兴趣，对亲戚朋友出手尤为慷慨，自己一门心思地研究哲学，一门心思地探索宇宙，他要从宇宙中找出万事万物的规律。他的亲戚朋友们认为，他既富有又聪明，应当树立更为远大的目标，参政当差之类的为自己的家乡多做贡献。一天夜里，阿那克萨戈拉一边仰望星空一边思考问题，家族里一位德高望重的叔父来到他的面前，吹胡子瞪眼道："你啊你，有这么多时间和精力，难道不应该造福一方吗？"

阿那克萨戈拉眼睛一亮，从容作答："这真是个好问题啊！我当然关心我的家乡啊！我现在做的就是关心我的家乡啊！"说完他指向无垠的夜空，他所思考的问题、急于找寻的答案都来自家乡的苍穹。

从今以后，再也没有人敢指责他不热爱自己的家乡。

一个人从小到大，再从大到老，提问最多的阶段是小时候，再者是青少年时期，越长大问题就越少了。这与一个人掌握的知识多少没有关系。如果是知识越多，问题越少，那么科学家们的知识远超常人，他们岂不是没有疑惑了。人类的文明啊，就应该是在问题的大海中航行前进！

阿那克西曼德因为心存问题，才会努力思考，发明了希腊式日晷，绘制出世界地图。他的学生们也是如此，面对世界，不是游山玩水，光看云朵漂亮不漂亮，山峰巍峨不巍峨，河流湍急不湍急，而是问山为什么会高？海为什么辽阔？云为什么会飘？他们没有停止过发现问题，没有停止过找寻答案，并尽最大的努力帮助人们了解世界的真相，了解万事万物的规律。哲学家们确实像阿那克西曼德所说的那样，尽最大努力"把歌唱好"！

阿基里斯跑不过乌龟

——芝诺的悖论

我们有两只耳朵，但只有一张嘴，所以应该多听少说。

人的知识就好比一个圆圈，圆圈里面是已知的，圆圈外面是未知的，你知道的越多，圆圈就越大，你不知道的也就越多。

——芝诺

古希腊人喜欢三五成群地聚在一起，谈天说地聊哲学。一天，几个人一起喝着葡萄酒聊天，有人突然故作神秘地说：有个家伙最近宣称运动是不存在的，这说法可真稀罕啊！哲学家第欧根尼也在场，他听后反应强烈，立刻起身站了起来，一言不发地在大家身边来来回回地走动，人们感到疑惑便问他在做什么，他答道：有人说运动不存在，我不是正在证明他是一派胡言吗？

提出"运动是不存在的"说法的人是芝诺。古希腊有两个叫芝诺的哲学家，一个是公元前490年出生于意大利半岛南部埃利亚的芝诺，是埃利亚学派的代表人物，巴门尼德是他的老师。另一位是塞浦路斯岛上季蒂昂的芝诺，生于公元前334年，比埃利亚的芝诺晚了一百五十多年。季蒂昂的芝诺是做贸易的商人，有一年他的一艘满载染料的货船在雅典的比雷埃夫斯港口沉没了，这位芝诺破产后就一直在雅典逗留，后来成了斯多亚学派的代表人物。第欧根尼反对的不是他，而是埃利亚的芝诺。

古希腊是一个自由民主、思想活跃的国家，只有伟大，没有绝对的权威。巴门尼德的"存在论"在当时遭到了猛烈的抨击，作为学生的芝诺站出来替老师辩护，但是他不像巴门尼德那样企图从正面去证明存在是"一"不是"多"，是"静"不是"动"，他常常用归谬法从反面去证明："如果事物是多数的，将要比是'一'的假设得出更可笑的结果。"

这可把其他的哲学家们给难倒了。

但芝诺没有止步，他要彻底地驳倒那些认为"万物都在运动"的人，便设想一支飞行的箭矢。在每一时刻，它位于空间中的一个特定位置。由于时刻无持续时间，箭在每个时刻都没有时间而只能是静止的。鉴于整个运动期间只包含时刻，而每个时刻又只有静止的箭，所以他将自己的结论告诉人们——飞行的箭矢总是静止的，它不可能在运动。

还没等人们缓过神来，芝诺又说话了：阿基里斯是古希腊赫赫有名的运动健将、大英雄！但他跑步永远赢不了乌龟！在他和乌龟的比赛中，他速度为乌龟的十倍，乌龟在前面一百米跑，他在后面追，但他不可能追上乌龟。因为在比赛中，追的人首先必须到达被追者的出发点，当阿基里斯追到一百米时，乌龟又已经

向前爬了十米，于是，一个新的起点产生了；阿基里斯必须继续追，而当他追到乌龟爬的这十米时，乌龟又已经向前爬了一米，阿基里斯只能再追向那个一米。就这样，乌龟会制造出无穷个起点，它总能在起点与自己之间制造出一个距离，不管这个距离有多小，但只要乌龟不停地奋力向前爬，阿基里斯就永远也追赶不上乌龟！

"阿基里斯和龟"——这可能只是他一时兴起的玩笑，可这悖论听上去却又无懈可击，令人们无可奈何。即使是19世纪的德国哲学家黑格尔，也对"芝诺悖论"耿耿于怀，他认为："芝诺提出的问题不是要我们求出阿基里斯最终追赶上乌龟的时间，而是让我们把注意力放在'为何能追上'，这是个高明的把戏。"

无论人们怎么看待芝诺悖论，但这确实体现了他不一般的智慧，后人可能会把他想象成一个性格刁钻刻薄、十分难缠的怪人，但根据史学家们的记载：真实的芝诺谦逊有礼，相貌堂堂，身形魁梧，是巴门尼德的爱徒。

巴门尼德去世后，芝诺挑起了埃利亚学派的大梁，他见多识广、论述精到，学生们对他尊重有加。一天，一个年轻的学生问芝诺："老师，您学富五车，而且看待问题敏锐透彻，每次为我们答疑解惑时也十分公平合理，摭弃了门户之见，可是你为什么还对自己的解答存有疑问呢？"

芝诺捡起一根树枝，在地上画了一大一小两个圆，对学生说："你看，这个大圆里面是我的知识，小圆圈里面是你们的知识，两个圆圈的外面都是你我未知的部分。大圆圈的周长大于小圆圈，因此我接触到的未知部分比你们大，这就是我的疑问往往比你们还多的原因。"

好多哲学家都有芝诺同样的感受，苏格拉底算得上是最伟大的哲学家之一了，他却说自己一无所知。法国哲学家蒙田也一直处于疑惑的状态——我到底懂些什么呢？知识越丰富的人，反而超过常人的求知欲。确实，世界上的知识十分丰富，人们常用"知识的海洋"来形容知识的无限。一个人努力学习，可能拥有一条知识的河流；如果一个人不够努力，他的知识就很有限；如果一点也不努力学习，那就是在无知门口徘徊的懒汉。芝诺这位哲学家深知世上的知识无穷无尽，他当然觉得少，因此他才如此谦逊。

一个人有谦逊的品格，是因为他能够客观地看待自己和周围的人。一个客观的人，一定是与人为善的。但面对谬论时可就不一样了，正直、疾恶如仇的芝诺，有时候恨不得与错误、谬论、专制、阴谋同归于尽。

不凑巧的是，芝诺生活的那座城邦由一个名叫尼阿库斯的僭主统治。中国有"僭越"这个词，意思就是超越本分，冒用最高权力者的名义行事。希腊的僭主大都是指通过不正当、不合法的手段，比如采取暴力或者阴谋推翻国王，从而获得一个城邦的最高统治权。尼阿库斯就是这样当上了城邦的僭主，他残酷无情、心狠手辣。希腊是民主自由的典范，民众们当然无法忍受他，都商量着怎样推翻这个僭主。

芝诺是这个城邦的哲学家，整个希腊都知道芝诺，他所生活的城邦即将发生大事，少不了有人找他出谋划策。可是，这次推翻暴政的起义失败了，一时全城风声鹤唳。僭主尼阿库斯把芝诺抓了起来，派手下严刑拷打，要他交出同谋。芝诺却没有说出任何一个参与者的名字。

他是众所周知的哲学家，一言一行都有极大的影响。

尼阿库斯对芝诺说："您的勇气令我钦佩，既然您不肯供出同谋，那您告诉我哪一类人是这个城邦真正的敌人，我同样可以免你死罪。"

啊！这是要杀害一批人啊！要彻底除掉反对僭主的人啊！芝诺一下就识破了尼阿库斯的阴谋诡计，他机智地与对方周旋，怒斥道："你就是这个城邦最大的敌人，你的爪牙是统治这座城邦的帮凶。这里所有的公民都呼唤平等与自由，凡是破坏这些的人，就是这个城邦最大的敌人！"

尼阿库斯恼羞成怒，就对芝诺采用了更加残忍的酷刑，芝诺被折磨得痛不欲生，他深知对方不会放过自己，就对尼阿库斯说："好吧，我有几个人的名字要透露给你，但不能让其他人听见。"尼阿库斯以为芝诺受不了要向他低头，得意扬扬地把耳朵凑了过去，谁知芝诺突然咬住了他的耳朵，尼阿库斯疼得撕心裂肺，侍卫们一拥而上，用利剑刺死了这位可敬的哲学家。残忍的尼阿库斯似乎还不解恨，把芝诺的遗体放进一个石臼中碾得粉碎……

在古希腊，哲学家受人尊敬与爱戴，尼阿库斯却用酷刑折磨芝诺，这点燃了人们的怒火，大家的痛苦、悲伤与愤怒像河流一样汇集起来。当芝诺惨死的消息传出去以后，民众再也无法抑制自己，纷纷拿起了武器，最终攻进了尼阿库斯的宫殿深处，处死了这个残暴的僭主，恢复了城邦往昔的平静。

跳进火山的怪家伙
——恩培多克勒与"四根说"

不要认为你的视觉比听觉更可信，也不要认为你那轰鸣的听觉比分明的味觉更高明，更不要因此低估其他感官能力的可靠性，那也是一条认识的途径。

——恩培多克勒

"他们真是鼠目寸光！"一个身穿花衣裳的人气得浑身发抖。

这个愤怒的哲学家便是恩培多克勒，公元前495年出生于意大利西西里岛南岸的阿克拉噶斯。他从小在一个贵族家庭长大，出门总是一身奇装异服，虽不是君王，却总是束着金腰带，披着华丽紫袍；他长着一双大而粗糙的脚，却偏爱穿一双精致的拖鞋；他不是什么赛事的优胜者，但头上总是戴着一顶德尔斐桂冠；老人因为行动不便才需要拄着手杖，可是他年纪轻轻镶金嵌玉的手杖却从不离身。他只是一名哲学家，但身边总是围着一群侍者，出门时前呼后拥，着实怪异。

第欧根尼·拉尔修一向尊敬哲学家，在《名哲言行录》中他写到恩培多克勒时，认为他在某些方面像个骗子，有时也像个巫师，过一会儿他又是一个占星术士，换一个场合，他可能还是态度激进的不同政见者。不过安静的时候，恩培多克勒经常陷入深度思考的状态，两耳不闻窗外事。英国的罗素也说恩培多克勒是哲学家、预言者、科学家和江湖术士的混合体。毕达哥拉斯已经够怪的了，但是恩培多克勒有些方面比他的前辈表现得还要怪。

恩培多克勒所表现出的怪异特征，就像他身上的那件花袍子一样繁复；他的脾气、个性，就像他身上的装饰一样莫名其妙。但从这些古怪的装扮上，也并非完全捉摸不透他的意图。比如他头上总是戴着桂冠，这桂冠来自德尔斐，德尔斐是神谕之地，供奉着太阳神阿波罗，阿波罗是理性的象征，因此恩培多克勒头戴"德尔斐桂冠"是强调自己坚持理性的一种方式。

有一天，一个美丽的农家姑娘在溪水中玩一个铜制计时器，恩培多克勒双手托着下巴，看得特别出神。女孩用手压住计时器管颈的开口，把这个计时器浸入水中，溪水并不会进入这个器皿，因为内部空气的重量压着底下的小孔，把溪水往回堵住了；一直要等到她把手拿开放出被堵住的气流时，空气才会逸出，同量的水才会流进去。由此恩培多克勒发现了空气的存在。

后来，恩培多克勒提出了"四根说"，即世界万物都是由土、气、火、水这四大元素组成，这四种元素之间是以"爱"与"憎"的形式组合或离散，是爱与憎让它们交替往复，永无休止，但每种合成的物质都是暂时的，只有元素以及爱、憎才是永恒的。

很多人说恩培多克勒只不过是一名"哲学裁缝"，把泰勒斯、阿那克西美尼、赫拉克利特、齐诺弗尼斯等前人分别提出的水、气、火、土，放在一起做成一个精美的大拼盘，统称为四大元素。恩培多克勒不以为然，他强调道："从这些元素中繁衍出了过去、现在、未来的一切事物，包括花草、鱼虫、男人、女人、飞鸟乃至永生不死的神明。"他认为这四种元素之间不曾停歇地相互作用造就了一切，其运动的形式就是"爱"（结合）和"憎"（斗争与分离），这个观点在当时颇为独特且超前，也是现在化学理论的基础，所以说恩培多克勒并不是一个只会简单拼凑的哲学裁缝，他有自己的独立思考。

恩培多克勒的发现都有科学依据，他发现了离心力，发现不只是人、动物有性别，植物也有性别。他还率先提出月亮由于反射光线而发亮，不过他说太阳本身并不制造光线，也是反射光线，这一点他说错了。他第一个提出光线也是在运动的，只不过光线运动需要的时间特别短促，快到令人无法察觉。恩培多克勒还说日食是因为月亮挡住了太阳，不过人们认为这一说法是他从自然学者阿那克萨戈拉那里学来的。恩培多克勒还根据他的"四根说"，发现了世界万物的演化以及"适者生存"的理论。这一系列发现构成了他的宇宙观、世界观，因此，恩培多克勒再古怪，也是一位卓越的理性主义者。

青年时代的恩培多克勒，他的家乡阿克拉噶斯有一个残暴的统治者。他一腔热血地投身于政治运动，带领乡亲们一起推翻了暴政，为大家带来了民主与自由。城邦的公民为了感谢他，拥立他为王。恩培多克勒站在高处，准备给大伙儿演讲，乡亲们都以为他欣然接受了王位。

恩培多克勒却说："政治只是我的生命中的一小部分，微不足道。但我宁愿把时间和生命全部用在哲学上，因为它的意义远大于政治。"恩培多克勒有很强的自制力，他直接拒绝了王位。

自此之后，恩培多克勒在大街小巷四处溜达时，总爱穿着自己的华丽的紫色袍子，老百姓没有一个人认为不合礼数，新国王也不反对，因为他是大家心中的"无冕之王"。可恩培多克勒有他自己的用意：他穿着君王的华服到处跑，是在播撒民主自由的种子，同时警示当权者——不要搞专制，否则我们会揭竿而起，暴君是不会有好下场的！

说恩培多克勒像巫师或者江湖术士，是因为他具有一些神奇的能力。

一天，一个妇女停止了呼吸，脉搏也不再跳动了，恩培多克勒通过诊断，开出的药方让这个病人活了三十天，这太神奇了，只有巫师才有这种神秘的能力。其实恩培多克勒医术高超，人们从他留下的学问中也能看到他对生命现象的观察与研究——比如他认为心脏是生命的中枢器官，控制身体的血液流动。所以他让病患起死回生并不是依靠什么巫术。

恩培多克勒还能控制风，可以让风静止，也可以让风吹动，有时他手一指，风便乖乖地顺着他手指的方向吹过去。其实，恩培多克勒懂气象学，根据空气流动的条件，他知道什么时候刮什么风，也知道什么时间风会完全静止。但是人们不懂恩培多克勒所运用的科学知识，都把他当成了江湖术士。

在恩培多克勒一生中，接触到了各个领域的知识——哲学、自然科学、医学、宗教学等，但他本人受到了毕达哥拉斯教的影响，有那么点爱装神弄鬼。

古希腊到处都是思想活跃的人，任何人都可以在公众场合发表演讲——民众可以不屑一顾，但卫兵绝不阻扰。但即便如此，一个哲学家想要建立一套自己的哲学体系其实十分不易，不是这个怀疑，就是那个不信。所以恩培多克勒效仿毕达哥拉斯，在自己的观点和思想中加入了浓厚的神秘色彩，解决了民众的问题之后却也不反感人们鼓吹他是预言家或创造神迹的人，时机成熟的时候干脆说自己就是神明，这一点是跟毕达哥拉斯学的，毕达哥拉斯就说自己是赫耳墨斯的儿子。

神明从来不会犯错，但晚年的恩培多克勒却坚称自己有罪。

有一回，恩培多克勒在公开场合大声疾呼："要完全禁绝桂叶。"恩培多克勒还深有感触地告诫人们："不幸的人，最不幸的人，你的手可千万不要去碰豆子。"好像碰了豆子就会遇到不幸的事。恩培多克勒还悔恨不已地说："啊，我是有祸了，在我张嘴大嚼而犯下罪行之前，厄运就悄然降临于我。"

恩培多克勒多次在各种场合自责"嘴馋"，泪流满面，悔恨不已。人们认为他是说自己犯了饕餮之罪（无节制地吃喝享乐）。恩培多克勒讲究衣装和出行的排场，但在吃喝方面并不铺张浪费，他说自己有罪并不是因为饕餮之罪，而是他咀嚼过豆子和桂叶，他所推崇的毕达哥拉斯学派中，豆子是禁忌的，他触犯了禁忌，愧对先人，因此觉得自己有罪。

那么，咀嚼桂叶又有什么错呢?

据说太阳神阿波罗十分自负，他嘲笑爱神厄里斯的箭术，所以气愤的厄里斯用他的爱神之弓分别向阿波罗和达佛涅射出一支金箭和一支铅箭。阿波罗陷入了狂热的爱恋，可达佛涅却无动于衷，她为了躲避对方的追赶变成了一棵月桂树，阿波罗日夜拥抱桂树，并用上面的枝条和叶子编制成桂冠每天佩戴。再后来，聪明的珀罗普斯创办了奥林匹克竞技大会，在比赛中取得最好成绩的人可以获得桂冠，这是对拥有阿波罗般体魄与智慧的人至高无上的奖赏。恩培多克勒居然大嚼桂叶，这是对理性的践踏，对他这个崇尚理性主义的信徒来说简直是大错特错。

回顾恩培多克勒的一生，他提出了了不起的"四根说"，是现代化学理论的基石，这方面没有遗憾的地方；在科学研究方面，他理性、客观，发现了空气流动的作用和离心运动，这都是他通过观察思考取得的成果，亦无后悔之处。他被放逐过一次，他选择了一种圣贤的事业，而不是一种流亡的阴谋家生涯，他也没有后悔。恩培多克勒应该感到后悔的是：为了让自己不受质疑，享有权威，他把自己包装成神明，这同他大嚼豆子和桂叶一般无二，用自己的感性践踏了理性。

据说有一天，恩培多克勒身着盛装，义无反顾地飞身跃进埃特拉的火山口，顷刻间在岩浆里化作青烟……有人说，他走火入魔，妄想在生命的最后一刻证明自己是神明，不寂不灭；还有人说，他后悔自己后半生装神弄鬼的所作所为，跳入火山是为了证明自己是凡躯肉胎，也是提醒人们他的发现和创造不是巫术，他的哲学和思想并不是虚幻。

"贩卖知识"第一人

——普罗泰戈拉与尺度

人是万物的尺度，是存在的事物存在的尺度，
也是不存在的事物不存在的尺度。

——普罗泰戈拉

不知具体是哪一年了，反正是很久很久以前，有一场轰动整个雅典的官司。原告是一个体态庄严、衣着体面的中年人，被告则是一个相貌俊秀的年轻人。这是一场老师与学生的官司，双方可谓是唇枪舌剑、唾沫横飞，可辩论了许久却没有任何实质性的结果，两人互不相让，火药味越来越浓。法官不得不再三提醒双方冷静，注意言辞过激。

这场"势均力敌"的辩论中，原告是普罗泰戈拉，他是古希腊著名的哲学家，在当时备受人们的尊重；被告的小伙子名叫欧提勒士，风度翩翩，是一名富家子弟。雅典为之轰动的原因有两点：一是德高望重的老师与初出茅庐的学生对簿公堂，实属罕见；二是这官司的焦点居然是"学费"，亦是史无前例，如果有人败诉了，估计免不了被旁人戳脊梁骨。

我们中国的鲁班教学徒不收钱还管吃住，自古以来，工匠们都十分敬重祖师爷，收学徒也不收钱，一般徒弟资质好、肯吃苦，只要帮师傅打下手勤快点就行，这是一种尊师重道的优良传统。古希腊也一样，社会上的学习氛围好，智者常常授业解惑，被人围得团团转。据说毕达哥拉斯为了鼓励没有时间学习的穷人练习算术，就和对方约定学会一个算术原理就给三枚银币，也算是用心良苦。

普罗泰戈拉却不这么想，他的思路更为现代，认为智慧就是财富，于是规定凡拜在他门下学习语言技巧的人，入学前交一半学费，学成之后打赢了第一场官司再交另一半学费。欧提勒士深得普罗泰戈拉的真传，能言善辩，出师了好一段时间，但就是不接官司，一直拖欠老师的另一半学费。普罗泰戈拉耿耿于怀——好你个臭小子，看我怎么治你！

　　普罗泰戈拉是何等人啊，大哲学家！他在法庭上理直气壮、从容不迫、振振有词："诸位，我的学生欧提勒士曾经和我作过约定，他学成后赢得第一场官司就得付给我另一半学费！"随后他略作停顿，侧身对被告席上的欧提勒士说，"可怜的孩子，这场官司如果我赢了，你就得按照法庭的判决付给我另一半的学费；当然，如果我输了，你也得按照约定付给我学费。所以，你无论输赢，都得付给我钱！"

　　欧提勒士可不示弱，他十分冷静，语调平静地回应道："尊敬的诸位和我最敬爱的老师，您可大错特错。如果我赢了，根据法庭的判决我不用给您学费；可如果我输了这场官司，根据我们之间的约定，我也不用交学费了。这场官司无论胜负，我都不用给您交学费。可怜的老师啊，您注定无法从我手里得到一毛钱。"听听，这位好学生欧提勒士的道理也是无懈可击。

判谁赢都解决不了问题，法官可太难办了，法庭居然有解决不了的问题。而普罗泰戈拉是出了名的善辩，他几乎天天都在与人争论，如果宣判结果对他不利的话，他肯定会把这场官司无休止地打下去，这里永无安宁之日！

普罗泰戈拉与欧提勒士之间的这场官司，最后打成了一个悖论，给世界留下了经典的哲学案例，叫作"普罗泰戈拉悖论"，某种意义上来说，这场官司也有它独特的意义。

普罗泰戈拉是阿尔蒙特之子，公元前481年出生在阿布德拉城，这个地方商业繁荣，人们生活富足，诞生了不少哲学家，原子唯物论学说的创始人之一德谟克利特也出生在那里。普罗泰戈拉怀有雄心壮志，多次来到雅典希望一展抱负。

雅典崇尚民主自由，律法制度较为成熟。人们日常解决矛盾的办法就是诉讼，必须在法庭上辩论，不能由他人替代。因此，口才的好坏成为赢得官司的关键因素。辩论术风靡一时，人人都看重口才。普罗泰戈拉把握到这个机遇，对外收徒，专门教人演讲、辩论、修辞的说话技巧，他是第一个向学生收取一百米那作为学费的人。当然，光有说话技巧没有知识也不行，他还要传授给学生各种知识，显得物有所值。普罗泰戈拉这种热衷于在言辞上占据上风的智者很受贵族势力的欢迎，他能够通过辩论为对方解决问题和争端。提蒙说他能言善辩，在社交圈极为活跃。

但普罗泰戈拉这位哲学家真的像传说中的那样追名逐利、作风庸俗吗？

公元前444年，他为徒利城编写过一部法典，这可不是一个肤浅的家伙会干或者能干的事儿。他还写了许多哲学著作，包括有《论数学》《训戒集》《论德性》《论名望》等等，在《论神》中，他开门见山地写道："就神而言，我对其所是与所不是都一无所知。因为太多事物阻碍着我们的认知，问题是那么晦涩难懂，而人生却是白驹过隙。"

不太认可普罗泰戈拉的柏拉图却在其著作中频繁地提到他，说明普罗泰戈拉具有深远的影响力。在柏拉图的《泰阿泰德》中提到："人是万物的尺度，是存在的事物存在的尺度，也是不存在的事物不存在的尺度。"这是普罗泰戈拉最经典的哲学观点，被后世广泛地引用和解读。

古希腊神话中，普遍流传一个说法——每个人都应该具有美德，一个人如果没有美德，神明就会抛弃他，城邦也会驱逐他。这个说法深入人心，形成了一种重要的价值观念。希腊人说的美德，就是一个人坚持正义，严格自律。要是说人是万物的尺度，那人就是最高标准，而人总是容易受欲望的支配，就做不到公平公正或严格自律，如此一来，如果连起码的美德都不能保障，那"人是万物的尺度"这一论断的提前是把"人"从万物中拿掉。他还说："神是不可知的，人是依靠自己的力量发明语言，造出了房屋、衣服、袜子和床，并且通过自己的劳动从土里获得了养生之资。"这一说法和前面的观点是一脉相承的，高度肯定了人类的能力与价值。

被普罗泰戈拉的观点吓到的人确实不少，不同意他观点的大有人在，他们一致认为这是歪理邪说，派卫兵把《论神》全部烧掉，甚至给他扣上了"亵渎神明"的罪状。普罗泰戈拉最终被驱逐出了雅典，他身败名裂贫困潦倒之后回到了家乡。据历史学家菲洛科洛斯记载，晚年的普罗泰戈拉在前往西西里的途中遭遇了海难。

万万没有想到的是，普罗泰戈拉去世之后，19世纪的德国人黑格尔却在努力为其正名。他认为"人是万物的尺度"这一论断是伟大的，它否定了神的意志是衡量一切的标准，强调了人类是万物之灵长，确立了人类的尊严与权威。

如果普罗泰戈拉泉下有知，也应该感到欣慰吧。

在墓园里思考问题
——"败家子"德谟克利特

智慧生出三种果实：善于思想，善于说话，善于行动。

——德谟克利特

德谟克利特是言辞的领袖，真正的智者。
我所知道的最杰出的谈话者。

——提蒙

德谟克利特是最后一个避免了危害古代和中世纪思想的
那种错误的哲学家。

——罗素

德谟克利特研究的东西极小，小到看不见摸不着，正因为如此他觉得书房太小了，故乡阿布德拉城太小了，甚至整个希腊都太小了。他研究的是当时的前沿领域——原子，需要站得高，看得远。于是，德谟克利特带着所有的家当——一百多个塔伦特，不远千里去寻找他认为最适合做学问的地方。

他首先来到雅典，在那里待了一段时间学习哲学，然后经过长途跋涉，来到了埃及。在埃及他待了整整五年，向当地的祭司学习几何学就花了三年时间。他得知尼罗河上游的水利系统十分发达，就来到埃塞俄比亚学习灌溉知识。德谟克利特还是觉得不够，又来到了波斯，在这里结识了许多星相学家。后来他听说古巴比伦的天文学比波斯更精进，就前往这个神秘的国度，拜僧侣们为师，学习天体运行的知识，他开始推算日食发生的时间，并且有一定的造诣。哪里有吸引他的知识，他就到哪里去，德谟克利特甚至去过印度。

德谟克利特用十多年时间满足自己的求知欲，几乎跑遍了半个世界，学习到了许多先进的知识。可他一踏上故土，迎接他的却是一场要命的官司。

他的第一项罪名是"挥霍祖产罪"。十多年前，德谟克利特打算外出求学，就和兄弟们分了祖辈留下来的家产，虽然这笔钱很丰厚，但他只要了一百个塔伦特。他就拿着这点钱到外面学了十多年的知识——反倒成了他的罪名。

他的第二项罪名是"荒废祖业罪"，德谟克利特的家族家大业大，有土地、庄园和店铺。德谟克利特一走就是十多年，庄园里的房子风吹雨打无人修葺，有的变成了废墟；原来美丽的花园长满了野草，到处都是老鼠洞野兔子窝，名贵的树木都枯死了；原来麦浪滚滚的土地则变成了野兽们的乐园。这不就是荒废祖业罪吗？！当时的法律明确规定：荒废祖业的人，要剥夺一切公民的权利，并驱逐出城，让败家子上无片瓦，下无寸土。

德谟克利特来到法庭，针对"挥霍祖产罪"和"荒废祖业罪"两项指控为自己辩护。德谟克利特说，我出门远行，不是为

了玩乐，我历经千难万险，用一个百塔伦特，学到了广博的知识，这能算是挥霍祖产吗？他还说，和我的同辈人相比，我到了这个世界最遥远的地方，学会了测量大地的知识，掌握了灌溉的技术。我学到的知识，能让我的家乡变得更加丰饶美丽，远远甚于我的家产，这能算是荒废祖业吗？

为证明了他的所学，让指责他、嫉妒他的人彻底地闭上嘴，德谟克利特在法庭上当众朗读了他的《宇宙大系统》，他口中流溢出来的新奇知识包罗万象，什么哲学啊，逻辑学啊，数学啊，天文学啊，生物学啊，等等，信息量太大，令在场所有人都讶异无比，他们都为自己的无知而感到羞愧，默默地低下了头。德谟克利特凭借自己的雄辩和智慧打赢了这场官司，法官当庭宣布他无罪。

法庭的另一项宣判更是史无前例，德谟克利特被判无罪之外，法官认为"挥霍祖产罪"严重歪曲事实，所以以五倍的金额奖励德谟克利特——五百塔伦特。奖励他勤奋好学，奖励他为家乡带来了知识和荣耀。审判变成了奖励，人们发现原来之前从未真正了解德谟克利特，现在才算是真正见识到了他的非凡智慧。

德谟克利特一出门就是十多年，人们以为他逃避劳动；他拿着钱财跑到只在传说中听到过的地方，人们以为他是为了猎奇或者游山玩水；他长期不回来打理家业，人人口口相传他是一个好吃懒做、贪图享受、好逸恶劳的纨绔子弟。事实证明这些"喷子"才是井底之蛙。

德谟克利特于公元前460年出生在色雷斯南部海滨的阿布德拉城。他很小便觉得学习能带来许多乐趣，他是一个能从学习中收获快乐的人！只要沉浸在学问中，他就把所有的事情统统忘到九霄云外。

童年时期，德谟克利特一边放牛一边安静地看书，家人从他身边牵走了一条牛，他竟然毫无觉察。一头牛从身边消失了也没有发现，书中的快乐可见一斑。德谟克利特还是一个六七岁的小孩时，就会创造一些学习方法，他老是觉得自己的专注力不够，就跑到荒凉空旷的地方思考问题，这种地方没有任何东西能干扰或打断他的思路，长此以往，他思考问题时的专注力得到了显著的提升。

一天，他的母亲问父亲："德谟克利特去了哪里？我好半天没有看到他了。"

父亲说："他碰到难题了。"

母亲找着找着来到一片荒凉的墓园。母亲小心翼翼地走了几步，一只乌鸦突然叫了一声，吓得母亲立刻停住了脚步，颤抖着声音问："孩子，你在哪里？回家吧。"

德谟克利特从阴森森的墓地深处走了出来，"母亲您怎么来了？"

母亲说："你父亲说你可能遇到了难题。"

德谟克利特答道："其实我还没有想完问题，看到您来就停止了。以后您不用来找我，我想出了答案自然就会回家了。"

德谟克利特从小胆子就大，经常跑到别人不敢去的地方思考一些难题。越是荒无人烟的环境，越是有利于他的思考，墓园成了德谟克利特思考大难题解决大难题的首选之地。他有很多哲学难题科学怪题，都是在这里解决的。

德谟克利特从不拒绝任何知识，特别爱和问题较劲，凡事都是"打破砂锅问到底"。这种旺盛的求知欲，让他在哲学、物理学、数学、天文学、动物学、植物学、水利学、医学、心理学、伦理学、修辞学、逻辑学、神学、政治学等十多个领域都有一定的建树。此外，他还是杰出的音乐家、画家、雕塑家和诗人，在文艺方面也留下了《论诗歌》《论绘画》《论语词》《论歌曲》等诸多著作，在当时可谓是一个全才，无人出其左右。

德谟克利特走遍了大半个世界，他始终没有停止思考的却是最小的物质——原子。德谟克利特继承和完善了老师留基波的原子学说，他认为：世界上体积最大的物体，都是由最小的物质组成的，是由小到人看不见摸不着的原子组成。什么动物、植物、人类甚至是太阳和月亮，之所以各不相同是因为原子在数量、形状和排列上不一样。我们都玩过弹球，原子就像弹球那样互相撞击，于是产生了不同的生命或物体。用肉眼观察树木花草可能是静态的，其实它们也无时无刻不在进行"原子运动"，所以才有了五颜六色，有了奇花异果，有了馥郁芬芳。

德谟克利特的原子学说里面没有神明存在的影子，他最反感的便是"无中生有"，他认为没有什么是可以无端发生的，万物都是有因果、联系和规律的，这是一种必然性。他的影响力还不仅仅局限于做学问，在政治方面也有独树一帜的观点。他说："国家富强，民众生活才能幸福；国家衰败，民众也将不幸。"这些思想得到了人们的普遍支持，而且德谟克利特还真的担任过阿布德拉城的执政官，老百姓曾在市政广场上为他建造了一尊铜像，纪念他的贡献和成就。根据史料记载，德谟克利特是一位高寿的哲学家，享年109岁。

守口如瓶
——狄麦卡与豆子的秘密

　　如果认为哲学完全是男性的事情，人们会觉得情有可原，我将会尽力纠正这样的说法。在很早以前，对女性最具吸引力的哲学派别，无疑是毕达哥拉斯学派。

——西蒙·克里切利

哲学家毕达哥拉斯宁死也不横穿豆田，其中的秘密引发人们强烈的好奇心。叙拉古的一位僭主对这件事也十分好奇，为了找到答案，他把毕达哥拉斯的学生、女哲学家狄麦卡抓了起来。

抓捕狄麦卡的僭主是狄奥尼修斯二世。他为什么对"豆子的秘密"这么执着？还得从他统治的这个城邦讲起。

公元前734年，希腊城邦科林斯的移民在西西里岛上创建了一个名叫叙拉古的殖民地，很快就发展成为岛上最大的城邦。叙拉古的第一任僭主是战士出身的盖隆，此人具有卓越的军事才干，他煽动平民推翻了当地的寡头政体，建立了这座城邦。在他之后继位的僭主是他的弟弟希伦，希伦更胜一筹，文治武功俱佳，他的军队打败了迦太基的同盟者伊达拉里亚强大的海上舰队，奠定了叙拉古在地中海西部的霸主地位。可惜希伦的儿子是个扶不起的阿斗，没有延续父辈的辉煌，继位后不堪重任，政权很快遭到瓦解。公元前405年，狄奥尼修斯一世上台成为执政者，他也是一位倡导武力统治的强人，所以叙拉古很长一段时间里控制了西西里岛的大部分地区和意大利南部的许多地方。狄奥尼修斯一世死后，公元前367年，他的儿子狄奥尼修斯二世接过了权杖。

狄奥尼修斯二世和他爹不一样，是个文艺青年，虽然不乏智慧，但身边却蓄养了不少奉承他的人，成天为其歌功颂德。有个大臣名叫达摩克利斯，这人很会说话，语言生动，精通修辞。他尤其喜欢赞美狄奥尼修斯强大的武力和卓越的智慧。但是，狄奥尼修斯听得出，达摩克利斯对他的赞美中实则有许多艳羡的意味。一天，狄奥尼修斯认真对他说："达摩克利斯啊，你替我当一天国王怎么样？"

达摩克利斯听了这话，吓了一跳："尊敬的陛下，这万万不可……"平时能言善道的他吓得舌头打结，以为是得罪了狄奥尼修斯二世，对方找借口要处死他。

狄奥尼修斯二世继续说道："我和你交换一天，一天之后便收回你的权力，你不用害怕，这只是一种体验。"

达摩克利斯无可奈何地接受道："如果您说的是真的，那就……"

狄奥尼修斯二世说："对，那就试试吧！"

说干就干！王宫里的侍从们替达摩克利斯穿上了王袍，戴上了王冠，佩上了宝剑。达摩克利斯手持权杖，看上去威风凛凛，他出行时前呼后拥，侍卫、宫娥寸步不离。

达摩克利斯暗自思忖：国王的生活真是了不得！与吾等可谓云泥之别！

用晚膳的时间到了，达摩克利斯走进宴会厅，有模有样地坐下，准备享用满桌的玉盘珍馐、山珍海味。他正飘飘然之际，偶然一抬头，看到自己头顶的正上方用细细的丝线悬着一把利剑，剑刃闪着寒光，摇摇欲坠，一旦掉下来后果不堪设想啊。达摩克利斯简直快吓晕了，什么美味佳肴，琼浆玉液，他一下子兴趣全无，原本的陶醉和幸福感顿时荡然无存。达摩克利斯失声大叫，请求狄奥尼修斯二世与他换回身份，嘴里一个劲地发誓再也不想过国王的日子了。

一个人拥有多大权力，就要负起多大责任，一个人获得多少利益、荣誉和地位，也要付出同样多的代价和风险，"欲戴王冠，必承其重"，这便是达摩克利斯之剑的含义。

狄奥尼修斯二世平时就说，国王有至高无上的权力，看起来风光无限，但是内心却是孤独的；听到的全是阿谀奉承之语，但没有一句真话；面对他的人一个个低眉敛目，但不少都怀有恶狼般的心思。所以，全世界的国王都是如履薄冰、战战兢兢的。

大约在公元前532年至公元前529年，毕达哥拉斯学派的影响力特别大。毕达哥拉斯来到克罗顿这个城市后，学生就有六百多人。这些人一起生活、学习，一个人有难，其他人都会前赴后继去援助。据传在克罗顿，毕达哥拉斯每一次讲课，听众有两千人之多。

毕达哥拉斯的学生个个严于律己，学派里面有着严格的组织纪律，首要的便是忠于毕达哥拉斯和他的学说，再者就是要严密保守学派的秘密。除此之外，还有一些奇奇怪怪的戒律和禁忌：如不能吃豆子和动物的内脏，不能把面包撕碎，不能在日光的照耀下撒尿，不能用刀柄拨弄火焰，不能养有弯爪的鸟兽，等等。人们认为毕达哥拉斯学派把自己包装得过于神秘。

公元前500年，阿克拉伽斯与叙拉古之间爆发了战争，毕达哥拉斯带领着他的学生前往阿克拉伽斯参战。对方人多势众，毕达哥拉斯和学生们一边打一边跑，突然在他们的面前出现了一片豆田，我们都知道"直线距离最短"这个道理，只要穿过豆田便可藏匿到山林里。可令人惊奇的一幕发生了，毕达哥拉斯没有横穿豆田，而是绕着它跑，叙拉古的士兵很快追了上来，一剑刺死了他。随后，其他走投无路的三十五名学生也被俘虏了，士兵在塔拉斯放火烧死了他们。

　　毕达哥拉斯去世后，这个学派继承了他的遗志并没有停止发展，学派的成员们悄悄地潜入希腊各地。狄奥尼修斯家族虽然统治着叙拉古，但却是通过不正当的手段把民主派赶下台后夺得王位。民主派下台之前，叙拉古的民主制度实行了六十年之久，因此这个城邦有很深厚的民主基础。狄奥尼修斯二世有很强烈的危机感，不断滋生出"总有奸人要害我"的念头，生怕有人会造反攻进王宫，把他从温暖的被窝里揪出来送上断头台，所以他才头悬一把利剑，时刻提醒自己不能掉以轻心。

　　毕达哥拉斯学派影响力这么大，而且创始人毕达哥拉斯坚持女性也享有平等接受教育的权利，因此不乏很多有魄力有主见的女性加入，狄麦卡便是其中的佼佼者。狄奥尼修斯二世抓捕狄麦卡时，也抓住了她的丈夫米利阿斯，米利阿斯同样是学派的成员。狄奥尼修斯二世对狄麦卡说，只要她说出老师毕达哥拉斯为什么宁愿死也不踩踏豆子的秘密，不仅放了狄麦卡，也放了她的丈夫。

这可是活命的条件啊，但即使这样狄麦卡也守口如瓶，这个秘密就更加令人抓狂，也令狄奥尼修斯二世更加愤怒，他严刑拷打狄麦卡，想让她不堪承受身体的疼痛乖乖就范说出秘密。

狄麦卡宁死不屈，她狠狠地怒视着行刑的侍卫，最后咬舌自尽。

毕达哥拉斯已经死了，但狄麦卡却恪守学派的秘密直到生命的最后一刻。

中国历史上，至圣孔子提出过"有教无类"，倡导在学习上人人平等。古希腊的各个学派观念较为保守，一般都拒绝招收女学生，这导致古希腊的女哲学家很少。不过，也有极少数学派招收女学生。毕达哥拉斯、柏拉图就收女弟子，柏拉图的外甥斯彪西波和学生亚里士多德也保留了这个传统。但毕达哥拉斯培养出来的女哲学家要多一些，也更有名一些，狄麦卡就是毕达哥拉斯的得意门生。毕达哥拉斯的妹妹蒂米斯托莱亚，也是兄长教育出来的女哲学家。他49岁的时候在意大利的西西里岛招收过一个特别的女学生——提亚诺，他上课时经常出题考验对方，提亚诺毕恭毕敬，可见这位老师的威严。后来，提亚诺成为毕达哥拉斯的妻子。

毕达哥拉斯学派主张万物的本原是由"数"延伸出来

的，和传统的神学组织相比，具有科学、理性的精神，毕达哥拉斯本人曾在各地传播了大量先进的知识、思想和艺术，并积极捍卫女性的权益，这些做法让许多当权者感到极其不安，因此学派接二连三地遭受打压。

但这个学派也有不光彩的事实：毕达哥拉斯认为世上只有整数和分数，他的学生希帕索斯却有着强烈的探索精神，意外发现了既不是整数也不是分数的"无理数"。这还了得，竟敢胆大包天地推翻学派的理论根基！这个发现成为一个内部只字不提的巨大禁忌，希帕索斯本人遭到了放逐，但学派的狂热信徒们还是设法找到了他，乘着渔船把可怜的希帕索斯扔进了茫茫的爱琴海里。

矢志忠于毕达哥拉斯，简直是这个学派的最高信仰。学派所有成员的成就，都要归于毕达哥拉斯。狄麦卡有名无实，只留下了这个不幸的故事，没有留下系统完善的哲学思想，最重要的原因是她离开人世的时候还很年轻，要是她活得更久一些，相信就会有哲学著作传世了。

哲学打败战争
——墨子与兼爱非攻

天下兼相爱则治，交相恶则乱。

君子不镜于水而镜于人。

志不强者智不达，言不信者行不果。

——墨子

战国时期，楚国和宋国边境线上，两国大军对峙，军营绵延几十里，可谓号角连营，旌旗蔽日，剑拔弩张。

那个时候的楚国有冶炼、纺织、水稻种植等先进技术，国力遥遥领先。民富国强的楚国计划扩张领土，一直想要灭了宋国。

天下的名士、能人都纷纷来到楚国求发展。鲁国人公输般是木匠的鼻祖，人们叫他鲁班，他不仅有一手绝好的木工手艺，还是一位发明家，发明了锯子、曲尺、刨子、钻子、墨斗、垂线、石磨、锁钥等等。据说他还制造出了木飞机，用来侦察敌方城内的军事情报，他也从鲁国来到楚国，投靠王室想要一展抱负。

古代打仗，讲究攻城略地，最难的是攻城，鲁班给楚国改良了攻城利器——云梯。楚惠王看到了鲁班的云梯后，自觉又多了打胜仗的筹码。

新式云梯的出现，昭示着宋国即将大难临头。墨子听说这个消息后，赶了十天十夜的路，费了不少鞋，脚掌也磨得满是血泡，不畏艰辛地来到楚国郢都。墨子对楚惠王行礼后说："大王啊，我到贵国之后听闻了一件奇事，疑惑不已，斗胆向您求教。"

楚惠王笑了笑，问："先生所谓何事？"

墨子接着说："现在有这么个人，他不要自己豪华的马车却要邻人的破车；不要锦衣华服，却觊觎邻人破烂不堪的衣衫；不要山珍海味却想偷食邻人难以下咽的米糠腌菜，您觉得这到底是为什么啊？"

楚惠王听后哈哈大笑，毫不客气地说："如确有此事，那这人可病得不轻啊！"

墨子微微一笑，不疾不徐地继续说道："楚国地域辽阔，有方圆五千里，宋国则是个只有五百里的弹丸之地，这就好比马车和破车；楚国有云梦泽，四处栖息着麋鹿、犀牛等珍稀野兽，长江、汉水里鱼虾蟹鳖鼋成群，宋国却连野鸡和虾米都难觅踪影，这就好比珍馐和糠菜；楚国有大片大片的茂密森林，盛产各种名贵的植物和药材，而宋国连大树都没有，这就好比华服和褴衫。依我陋见，您要攻打宋国，和我听说的这个人是很相似的。"

楚惠王知道对方的用意后窘迫地看了旁侧的鲁班一眼，示意其救场。

于是，鲁班故意扯开话题，说："楚国现在有别人没有的先进武

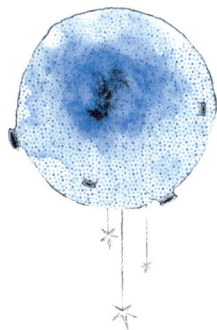

器，战无不胜，攻无不克，为什么不能打这一仗呢？实话告诉先生，如今箭在弦上不得不发！"

楚惠王掉过头来又看向墨子。

墨子说："现在楚国有什么先进武器，你们也不会让我知晓，这是你们的军事机密。这样吧，请大王恩准我和鲁班在大殿上进行一场沙盘推演，如果他赢，楚国即日便可发兵；如果我赢了，还请您信守诺言，不再攻打宋国……"

楚惠王爽快地回道："行，如果你赢了，我决不再提攻打宋国之事！"

鲁班是远近闻名的能工巧匠，自然信心满满，一听说墨子要和自己比试比试，心说他真是不知天高地厚。

墨子和鲁班来到沙盘跟前，双方开始打一场模拟战。鲁班用云梯攻城，墨子用火箭烧，"哗啦"云梯塌了，第一轮鲁班败了；鲁班用重型撞车撞击城门，墨子筑城设障，同时用滚木礌石砸向撞车，用飞箭射杀暴露的士兵，第二轮鲁班又败了；鲁班用地道战攻城，墨子用烟熏，攻城的士兵被呛得七窍流血，第三轮，鲁班再败。鲁班不服气，一直比试到了第十轮，十攻十守，鲁班十败，墨子十胜。

屡战屡败的鲁班仍不以为意，狡黠地眨了眨眼，说：

"我还有扭转战局的妙计，但不告诉你！"

墨子哈哈一笑，说："我早有应对之计，但也不能告诉你！"

楚惠王好奇地问墨子："你这么胸有成竹，好像早就知道鲁班会用什么计。那么鲁班会用什么计呢？你又用什么计破鲁班呢？"

墨子大声道："鲁班的最后一计是想让大王杀了我。如果大王杀了我，就没有人阻止楚国攻打宋国了，这就是他的后手。但你们不知道的是，我早已派出一百多个弟子赶到宋国支援他们，即使杀我一人，但他们承袭我的战术和谋略一样可以逼退楚国的进攻。"

鲁班的阴谋被墨子当众识破，而且早有应对之策，墨子完胜。楚惠王果真遵守约定，彻底放弃了攻打宋国的计划。

中国古代哲学有老子的道家、孔子的儒家、墨子的墨家、李子（李悝）的法家。墨子自成一派的墨家哲学，有兼爱、非攻、尚贤、尚同、节用、节葬、非乐、天志、明鬼、非命十大核心思想。非攻中包含有"兼爱"与"尚同"的哲学内核，是墨子最为重要的主张。墨子成功劝阻楚惠王攻打宋国，制止了一场血流成河的战争，不是因为他有什么急才，而是他长期思考如何"止战"，总结出了一套行之有效的方式方法——说到底，是哲学打败了战争。

墨子有个学生叫耕柱子，不仅聪慧过人，而且还十分勤奋努力。可是，墨子似乎不待见他，动不动就唠叨数落两句。

有一天，耕柱子鼓起勇气问墨子："老师，难道我真的没有什么比别人好吗？您老是责备我。"

墨子说："如果我上太行山的话，是选马还是牛做座驾呢，到底鞭策哪一个呢？"

耕柱子说："当然是策马。"

墨子追问："为什么呢？"

耕柱子说："因为马灵敏且有力量，鞭打马可以跑得更快更远……"说到这，耕柱子突然明白了老师为什么老是责备他了。

战争一触即发之际，墨子居然敢到楚国止战，是因为他认定楚国是一匹骏马。当时楚国最强大，挑起的战事不断，如果鞭打楚国这匹快马，让它迅速清醒，在维护和平的道路上走得快一点远一点，就可以迅速传播墨子的非攻思想，可以让天下人看到和平的好处。所以，哲学家并不盲目，他们的勇气来自责任来自思考。

古往今来，专门思考阻止战争的哲学家寥寥。墨子之所以在思想和行动上止战，是因为战争对人类的伤害太大了。第二次世界大战所造成的伤亡人数达六千万人，可谓生灵涂炭，战争的大巴掌一下子就能把一个村庄甚至一座城市从地球上抹个干干净净，不留一点生命的痕迹。

即便战争如此残酷，但这个世界却从未完全平息下来，总有躁动不安的角落。墨子认为："诸侯不相爱，则必野战；家主不相爱，则必相篡；人与人不相爱，则必相贼；君臣不相爱，则不惠忠；父子不相爱，则不慈孝；兄弟不相爱，则不和调。天下之人皆不相爱，强必执弱，众必劫寡，富必侮贫，贵必傲贱，诈必欺愚。"天下所有的祸根，都是因为人与人不相爱。如果要消灭祸根，想让世界上没有战争，墨子说"只有人人相爱"，因此，他提出了"兼相爱，交相利"——对待别人如同对待自己，爱护别人如同爱护自己，而且，人与人之间相爱，不要受贫富贵贱的影响，这就是"兼爱"。

墨子叫墨翟，大约生于公元前468年，卒于公元前376年，不过，这个出生年份是人们推算出来的，没有历史记录可以证明，但是墨子生活在战国时期这一点十分确凿。墨子生活的那些年月，群雄逐鹿，烽火遍野，人间爱也没有爱，贤也没有贤，更无大同。墨子找出了战事频发的原因之后，又提出解决战争的办法——精神上"兼爱"，行为上"非攻"。

但他不仅只有维护和平的观点，还是一个高效务实的"行动派"，制定出许多阻止战争的具体措施和对策，他的发明技艺甚至远在鲁班之上，谙熟各种兵器、机械和防御工事的设计制造。生逢乱世，今天不是这个国家向他求助，明天就有另一个国家向他告急，墨子和孔子一样，成了当时最忙的哲学家，也便有了"孔席不暖，墨突不黔"的说法。孔子周游列国，他的座席还没有坐热乎，就要到其他地方讲学去了；墨子的灶还没有被炊烟熏黑，就要到另一个国家阻止战争去了。

墨子不是在阻止战争，就是在去阻止战争的路上。他充满侠义精神，去过宋国、楚国、郑国、越国等多国，非常慷慨地帮助渴望和平的百姓。

有一个叫杨朱的人，当时也颇有名气，他反对墨子的哲学，反对"兼爱"，主张"为我"。

一天，墨子的弟子禽滑釐碰到了杨朱，对杨朱说："拔下你身上的一根汗毛可以让天下的人得到益处，你愿不愿意呢？"

杨朱摇了摇头说："天下之大，天下的问题，绝不是一根汗毛救济得了的！"

禽滑釐说："如果这只是一个假设，如果拔你一根汗毛就能定天下，你同意吗？"

杨朱听后，连头都不摇了，直接用沉默回绝了。孟子得知此事后，立即想到了墨子，批评杨朱说：杨朱一贯主张"自我""为我"，假如拔下他的一根汗毛而对天下有益，他也是不会干的，"为我"的人肯定"益我""利我"，他怎么会舍得一根汗毛呢！这就是"一毛不拔"的来历。孟子还说，墨子主张"兼爱"，只要对天下有利，不说一根汗毛，哪怕要磨光头顶，耗光所有头发，他肯定不足为惜，毫不犹豫。确实，墨子为了平定楚宋之战，赶了十天十夜的路，磨破了脚掌，还冒着鲁班设计杀死他的风险，坚持游说劝阻楚王发动战事。如果人人"为我"，都不去为天下带来一根汗毛的好处，那必然要天下大乱；如果人们都像墨子那样，有一颗兼爱之心，天下则长治久安。

之前说过墨子简言擅为，是一个"干"出来的哲学家，热衷实践，他的哲学主张都包含在他所做的事里面。

公孟子这个人三天两头爱找墨子抬杠，墨子有一段时间没有见到他了。一天，公孟子突然出现在墨子的家门前。墨子一看，嗬，公孟子头上戴着礼帽，腰间插着玉笏，身上穿着儒者的衣服。

一见面，公孟子便迫不及待地发难："服饰与作为之间有什么联系呢？"

　　墨子说："从前，齐桓公、晋文公、楚庄王、越王勾践四位国君，他们的服饰好坏贵贱各不相同，但是，他们的作为却是一样的，都干出了一番惊天动地的伟业。所以我认为作为和服饰没有什么直接的关联。"墨子认为有大作为者不在于外表如何，不在于说得如何，而在于他做了些什么大事；看一个人，不能只关注他名声在外，还要看他实实在在所做的事情。这番话最后自然令自负的公孟子心悦诚服。

流着冷汗射箭
——求真务实的列子

吞舟之鱼，不游支流；鸿鹄高飞，不集污池。

——列子

古代战国时期战事频仍，无论是年轻人还是中年人都上了战场，郑国到处都是留守的老弱妇孺。该种麦的季节，没有人播种；该种稻的时候，没有人插秧；到了该收获的季节，也没有人收割。于是郑国发生了饥荒，万户萧瑟，饿莩遍野。

列子家也没有粮食了，家人和众多门生都在忍饥挨饿，他自己还要坚持教导学生，更是两眼发花。

有人听说后便对郑国的国相子阳说，列御寇是个人才，在你们郑国忍饥挨饿，难道郑国人不待见有贤德的人吗？难道郑国不崇尚贤德吗？国相子阳一听，问题严重啊，哪能让郑国落下这样的坏名声呢？立即派人给列子送去一些粟米。列子出门迎接对方，行礼后一再谢绝，死活不肯收下官府送来的粮食。对方无可奈何，只得推着粮食回去了。

列子虽然饥肠辘辘，但始终认为无功不受禄，因此拒绝了接济。但一大家子总是饿肚子怎么能行呢？自己饿着肚子也没法坚持传道授业。卫国在当时发展稳定，也较为富裕。列子听说卫国相对太平，准备带着家人和学生前往卫国谋生计。

一些学生不想给老师增加负担，甘愿留守郑国。留下来的学生说："老师啊，您就要去卫国了，我们肯定会加倍努力，一定要自学成才。但是您这一去，不知什么时候回来，不知什么时候才能再见到您，也不知道还有没有机会再听您讲课。您能不能再给我们上最后一课，讲一些您来不及教给我们的知识？"

列子当然理解学生的悲伤情绪，故作轻松地说："我也没那么多高深的知识，我所讲的都是壶丘子与伯昏瞀人聊天时，我在一旁悄悄听来的。他们两人聊了很多，还有一段我没有来得及讲给你们听，今天我给你们讲讲吧。"

离开郑国前，列子给学生上的最后一课讲的是"有生不生，有化不化"。意思是世间万物之中，有被他物所生的，有不被他物所生的；有被他物所化的，有不被他物所化的。不被他物所生的能使他物产生，不被他物所化的能使他物变化。产生的不得不产生，变化的不得不变化，因此事物经常产生，经常变化。经常产生、经常变化的，时刻在产生，时刻在变化，像阴阳和四季。不被他物所生的就是独立永存的"道"，不被他物所化

的就是循环往复的"道"的运动。循环往复，它的边际没有终结；独立永存，它的规律不可穷尽。

列子说自己上课的内容都来自道家哲学始祖鬻熊子，讲的都是他的老师关尹子、壶丘子，以及一些圣贤对道的理解。曾有一天，列子给学生讲世界的产生与运行，对学生们说，以前我的祖师鬻熊子在给他的学生周文王讲课时，提到万物的运动和变化永远不会停止，天空在悄无声息地变化，地壳在悄悄地移动，只是人觉察不到而已。而且世上的万物，都是随时消亡，又随时产生，在运动变化中生生不息。原文是：运转亡已，天地密移，畴觉之哉？故物损于彼者盈于此，成于此者亏于彼。损盈成亏，随世随死。这里便体现了他的天体运动说和宇宙无限说。

列子在郑国住了四十多年，青年时代就开始收学生，授课二十多年，不过没有多少人知道他，也没有人真正赏识他。他为人低调，一边种地，一边教学生，默默地为郑国的教育事业做贡献，但是战事和饥荒逼迫他到中年背井离乡，令人唏嘘。

有人讲列子贵虚，"贵"就是崇尚、喜欢、推崇。列子说，虚者无贵，虚就是虚，虚哪里有什么贵不贵，既然是虚，虚肯定拒绝"有"与"无"，哪能容得下我一个人刻意喜欢它、推崇它。

列子确实超脱，但并不刻意超脱。但有一天，他讲了一则寓言，让人惊讶得张大了嘴巴：

据说孔子在东部游历讲学时，一次他看到两个孩童正在争辩，双方面红耳赤、互不相让。孔子好奇，走过去问他们为什么争辩。

一个小孩说："我们在争辩太阳的远近。我认为太阳刚刚升起来的时候离人近，到了中午太阳就离我们远了。"

另一个小孩急了，没等对方说完就抢着说："我认为太阳刚升起来的时候离人远，到了中午就离人近了。"

孔子说："任何问题恐怕只有一个正确答案吧，那你们各自的理由是什么呢？"

前一个小孩说："你看嘛，太阳刚刚升起来的时候，大得像一个车盖，到了中午，只像一个盘子那样小了，这不正是'近大远小'的缘故吗？"

后一个小孩迭声说"不对不对"，着急地对孔子说："不对，太阳刚升起来时，我感觉不到一丝热乎劲儿，但到了中午，太阳就热得像手伸到热锅里一样，这不正是'近热远凉'的道理吗？"

两个小孩说完，四只眼睛盯着孔子等他评理，孔子一时半会儿无法判断谁对谁错。见跟前的孔子窘迫不已，两个小孩哈哈大笑道："喊，人们都说你博学多才，天下之事无有不知，无有不晓。看来是有名无实啊！"

这便是"两小儿辩日"的故事，列子告诉人们即使是幼稚的孩子讨论艰深的问题，这种求知和探索的精神也是值得人尊重的，而且学无止境，世界上存在着许多未知的现象和事物，没有谁能全部解答得了，即便是孔子也不能。

列子名御寇，公元前450年生于郑国圃田，这个地方是现在河南郑州的中牟县。孔子生于公元前551年，比列子早生一百多年。在列子生活的时代，孔子虽然还未被尊为圣人，但已经天下闻名。人们都说孔子的哲学思想都是他悟透人世万物而得到的真理。

有一天夜里，列子坐在旷野看星空，他正看得入神之际，学生凑过来问："老师，您看到什么了？"

列子认真地对学生说："天地无全功，圣人无全能，万物无全用。"

他观察天地万事万物之后总结，天和地没有完备的功效，圣人也没有知晓解决所有难题的能力，万物并没有完备的用途。好比水，能灌溉禾苗，满足人们日常的生活需要，但每逢雨水过多或集中，产生的涝灾对庄稼作物却又是毁灭性的打击，涝灾对人们来说是避之不及的自然灾害，这便是水的"无用"之处。"两小儿辩日"则生动地诠释了"圣人无全能"，列子还借这件事阐明了一个更为重要的观点。列子说："故天职生覆，地职形载，圣职教化，物职所宜。"列子认为天、地、物、人遵守自然规律，在"道"的运筹下，各司其职，各尽其能，但是天有短处，地有不足，所以才要相互补充、相互完善。万物都有欠缺，万事都需要互补，这就是道家的"合""和"。万物之间相互补充，互相完善，才能发挥出最大的功用。人类社会只有不断完善、不断进步，才能走向真正的文明。

被保留流传下来的《列子》又被称为《冲虚经》，按章节分为天瑞、黄帝、周穆王、仲尼、汤问、力命、杨朱、说符八篇，共有一百多个寓言故事，除了孔子，连道家哲学始祖鬻熊子也被编进了这些寓言故事里。列子为了讲透自己的观点，秉持务实的态度，不为圣人争光辉，只为圣人争真理。对自己，列子就更加"苛刻"了。

伯昏瞀人和列子都是壶丘子的学生，两人情同手足。一天，列子兴致勃勃地为伯昏瞀人表演射箭。列子拉满弓，胳膊上放一杯水，第一支箭刚刚离弦，第二支箭就搭上了，第二支箭刚离弦，第三支箭就扣在弦上了，列子连射三支箭，胳膊上的水杯纹丝不动，半点水花都没有溅出来，这高超的箭术实在令人咋舌。谁知伯昏瞀人看了，哈哈一笑，不以为然地说："这只是你运用技巧的有心之射，并不是无心射箭的射术。"他接着说，"我邀请兄一同'登高山、履危石、临白仞之渊'，再来看看你射得如何？"

两人费了一番工夫登上了高高的山巅，遥望是茫茫云海，背对着的却是万丈深渊，脚下的山路越收越窄直至脚掌的一大半悬在悬崖之外。这样令人胆寒的时刻，伯昏瞀人竟请列子踩住悬空的岩石射箭，列子连忙吓得退回空旷处，两脚发软地瘫倒在地，冷汗一直流到了脚后跟。

《列子为射》是一则列子写自己的故事，他毫不掩饰地描绘了自己的窘态："御寇伏地，汗流至踵。"伯昏瞀人见列子如此狼狈，叹了口气说："这世上真正的高人，向上可以看透苍天，向下可以看清黄泉，万物万象了然于胸。现在你心惊目眩，如让你再射箭，恐怕射中的概率就微乎其微了。"

现代人一看，这则寓言简直是列子在丑化自己啊。但在列子心中，只有真实，哪有美丑，如果能用自己举例说清楚道理，丑也不丑啊！列子认为得道之人，也就是有境界和修为的人，应当是精神纵游八方，上能透彻青天，下能测查黄泉，对生死了然于心，无论面对顺境或逆境都能泰然处之，神情气度丝毫不会有变化。只有这样，一个人说话，才能说出真言，一个人的行为，才不会被利害所困扰，能够做出真正有益于他人和全局的贡献。由此可见，列子既是对自己提要求，也是对天下人提要求啊！

荒谬的审判

——苏格拉底的最后时刻

噢，苏格拉底，现在喝吧，站在宙斯的宫殿里；

神本身就是智慧，而神早已宣称你是最具智慧的。

当你坦然地饮下这杯毒药时，

你告诉雅典人的是，他们自己喝下了它。

——第欧根尼·拉尔修

"天啊，苏格拉底被判处死刑了！"

"他的罪名是不敬神明和腐化青年！"

……

公元前399年的一天，消息像潮水一般宣泄开来，雅典的小巷大街里充斥着疑惑的议论。这并不是空穴来风，判决是由雅典迪卡斯特里法庭下达的。最令人诧异的是，"腐化青年罪"的证据竟然是苏格拉底曾经三个学生的作为。

这三人分别是克里提亚、阿尔喀比亚德和色诺芬。其中，克里提亚是柏拉图的表舅，他是天生的领导者，文韬武略却贪婪残暴，他推翻了雅典的民主制度，成为雅典三十僭主之一，掌权之后严重破坏了雅典的民主环境。另外两人阿尔喀比亚德和色诺芬，后来背叛了自己的母邦雅典，投靠了雅典的敌人斯巴达。他们曾与苏格拉底一起参加了伯罗奔尼撒战争，其间苏格拉底还在战场上救过这两个学生的性命，可谓情谊深厚。他们三人都做出过违背雅典意志、损害雅典利益的行为，这就成了苏格拉底毒害青年的重要罪证。

雅典迪卡斯特里法庭还在持续开庭审理，看到苏格拉底站在审判席上，人群中的学生们既愤怒又悲伤。

柏拉图坚持为老师辩护，他坚定地高喊道："雅典人民啊，登上这里的人当中我是最年轻的一个……"话音未落，法官们便怒斥道："下去！快下去！这可不是你这种乳臭未干的毛头小子来戏耍的地方！"

苏格拉底点头示意让柏拉图先离开，他说："雅典的诸位，我尊敬你们，深爱你们，但我宁愿听从神，而不听从你们；只要我一息尚存，便永不停止哲学的实践，将继续教导、劝勉我所遇到的每一个人，仍然像以往那样对他说：'朋友，你是伟大、强盛，洋溢着智慧之光的城邦雅典的公民，如果你只贪图名利，不关心智慧和真理，不求升华自我，难道不觉羞耻吗？'如果对方说：'是啊，可我是关心的呀！'我不会立即抽身离开，也不会让他走，而是向他提出问题，反复地盘问他。如果我发现他并无美德，他却说他有，我就责备他把重要的事情看成不重要，把无价值的东西看成有价值。我要把这些话再三地向我所遇到的每一个人说，无论对方是什么年纪什么身份，因为他们都是我的同胞。要知道，我这么做是在执行神的意志；我相信，我这么做是我们国度里最大的要事。因此我不做别的事，只是劝说大家，督促大家，不管男女老少，都不要只顾私利和财产，首要关心升华自我，这是更重要的事情。我告诉你们，财富并不能带来美德，美德却可以带来财富，以及个人和国家的其他一切好事。这就是我的教义。如果它毒害了青年，那我就是坏人。如果有人说这不是我的教义，那他说的便不是实话。诸位！我对你们说，你们要知道，不管我会不会被释放，我是绝不会改变我的行为的，即便付出生命也绝不可能！"

苏格拉底注意到有些陪审员对他慷慨激昂的申辩根本不屑一顾，他继续提高了声音，接着说："诸位！我现在并不是为了苟活而自我辩护，而是为了你们，千万不要在错误的道路上越走越远……"

可是命运似乎没有眷顾到苏格拉底，他被关进了暗无天日的监狱。

处刑的时刻即将到来，监刑官将一杯毒芹汁提前递给了苏格拉底，他面无表情地接了过来。

妻子克珊西帕怔怔地望着丈夫熟悉而宽厚的面庞，失声痛哭起来。平日里，她是一个性格坚韧、作风强悍的女人，苏格拉底曾对友人说他对妻子的爱如同马夫喜欢烈马。

苏格拉底安慰她后，说："夫人，现在请你带孩子们回家吧！时间所剩无几，我还有一些话要讲给学生们听。"

家人走后，苏格拉底一手端着毒药，一边给来监狱与他道别的学生和朋友们上最后一课。学生们心情复杂，满是悲伤和不舍，有人正在悄悄地呜咽。

苏格拉底笑了笑，坦然地问大家："各位，你们看看我现在的样子，是恐惧、悲伤还是快乐？"

众人答道："快乐。"

他继续说道："哲学家的一生其实都是在为迎接死亡做准备，如果这一天真正来临了，感到不舍或忧愁才荒谬呢。人现世的生命由肉体和灵魂两部分组成，我们专注于升华自我的灵魂，有时候会发现肉身是其最大的阻碍。"

见众人疑惑不解，苏格拉底语重心长地解释道："肉身的本能是存活，因此肉身透过生存的欲望与恐惧，让我们背弃智慧与美德。病痛攻击我们的肉身，爱欲恐惧像潮水般吞没我们，灵魂将逐渐偏离正道。最后，即使自身准备好了，外部条件也不一定允许，战争和动乱将个人裹挟，推向绝境。我们终其一生因血肉之躯限制无法追求知识与美德，只有死亡才能使灵魂与肉体二者分离。我迎接死亡，便是让灵魂脱离肉体的桎梏。"

众人点了点头。

苏格拉底端起了酒杯，说："感谢诸神，我将前往另一个美好的国度！"话音刚落，他面无惧色地将毒芹汁一饮而尽，学生们再也抑制不住地号啕大哭起来。

苏格拉底厉声道："你们这是在干什么！我将妻子孩子送走就是要防止这种无意义的搅扰，一个人离世前需要的是身心的静谧，大家坚强点，安静下来！"

众人停止了哭泣，陪同躺在木榻上的他迎来生命的最后时刻。苏格拉底的平静与从容令大家更是心如刀绞——这么了不起的智者竟因如此荒诞的审判潦草地结束了生命，这是雅典的不幸，更是全人类的损失。突然，他揭开了盖住头的白布，嘱咐学生克里托："我还欠阿斯克勒庇俄斯一只公鸡，要用公鸡向他献祭，记得替我完成这件事……"

这是苏格拉底最后的遗言，接着他永远地闭上了眼睛。

在欧洲的历史上，苏格拉底一直被视作为追求真理而死的圣人，与孔子在中国历史上的地位相当。史学家们将他看作是古希腊哲学发展史的分水岭，将他之前的哲学称为前苏格拉底哲学，他以一种对哲学的崭新理解开创了希腊哲学的新纪元。后来，柏拉图、克塞诺丰和安提斯特涅斯等人继承了他的衣钵，他们被世人称为苏格拉底学派，极为深重地影响了整个西方哲学的发展轨迹。

亚历山大大帝可不是神

——"幸福"的阿那克萨尔科斯

公元前323年，马其顿、希腊、小亚细亚到处都是战争，这就是一个自认为是神的人干出来的事情，他就是亚历山大大帝。

他的父亲——马其顿国王腓力二世戎马一生，却格外重视教育，于是这名非凡的天才13岁时便师从亚里士多德。亚里士多德可是赫赫有名的科学家、哲学家，他教导亚历山大：不要简单地把人类分为高贵的希腊人和原始的蛮族，人类只是自然界的一个生物分支，这一思想深刻地影响了他，令其铭记于心。腓力二世在一次出征前夜遭到暗杀后，年仅20岁的亚历山大便执掌了马其顿帝国，他才智超群，安内攘外，公元前335年便统一了希腊全境，此后更是纵横驰骋，所向披靡。传说他在征途中面对茫茫大海黯然落泪，将士们惊惧不已，斗胆问他为何神伤，亚历山大低沉地说道："多么遗憾的事实啊，这个世界实在是太小了。"

当时的人们也将他视作神的化身，顺理成章地认为他和人类不一样，神从来不会流血，亦不可能感受到疼痛。这些说法加剧了亚历山大大帝的自负，他的朋友阿那克萨尔科斯一直试图改变他这种不切实际的想法。

一次惨烈的战斗结束后，身先士卒的亚历山大大帝受了重伤，疼得额头上沁出了豆粒大的汗珠，血不断地从伤口中流出来。

他的朋友阿那克萨尔科斯适时对他说："陛下，您流血了！这伤口很深，一定很痛吧？"

亚历山大大帝回道："是啊！"

阿那克萨尔科斯说："这就对了，您身上流出来的就是血，不是至高无上的诸神身上的体液，您所感受到的疼痛就是证明。"

亚历山大大帝是亚里士多德的学生，精通哲学道理，是何等智慧啊。他一听这话，就知道朋友在含蓄地劝导自己不宜过分膨胀。

战争是人类所干过最愚蠢的事。亚历山大大帝短暂的人生中，大部分时间都在征战，占领了约500万平方公里的领土，却在巴比伦死于恶性疟疾。在其死后整个帝国迅速瓦解，他麾下曾经的将军托勒密、塞琉古、安提柯瓜分了版图，形成了各自的势力范围。

亚历山大大帝理想远大，意志坚定，个性固执，锲而不舍，能够说动他的阿那克萨尔科斯自然也不是等闲之辈。阿那克萨尔科斯是阿布德拉人，出生年月不详，主要活跃时期是公元前340年前后。他曾跟过多位老师学习哲学，听过士麦那的第欧根尼授课，在他的众多老师中，德谟克利特名气最大。

阿那克萨尔科斯所置身的时代，知识和信息已经得到了快速的传播与发展。但他发现人类现有的认识不一定完全正确，因此，他认为应该对一些经验和结论进行反思。他的老师德谟克利特曾说过"使人幸福的并不是力量和财富，而是正直和公允""人不应该贪图那些不属于自己的东西，而应该满足于自己所有的东西"。德谟克利特还说，"一切事物的本原是原子和空虚，别的说法都只是意见"，因此，人类再聪明，但面对大千世界，其认知能力仍然微不足道。阿那克萨尔科斯提出，对世界上的一切事物都不要轻易下结论，要学会把结论搁置起来，让时间来检验。

亚历山大大帝居功自傲，妄图把自己当作神，其实除了他，还有许多人也把自己当作神明般的存在，这种思想的作用下难免会做出一些难以想象的荒唐事。因此，阿那克萨尔科斯极其反对人将自己神化，大胆冒进，超越伦理，贪婪无度。

反对归反对，阿那克萨尔科斯的怀疑主义并不是盲目地否定一切，而是提醒人们，要不断修正对世界的认识，对知识的理解，他不是对宇宙对世界的质疑，而是对人能力的怀疑。

阿那克萨尔科斯的核心思想其实是"反思""反对

超越伦理""反对冒进"。这些观点和中国哲学家管子的"勿过度"异曲同工。中国和希腊两个古老国度相隔万里，但智者们的认识却有惊人的相似。

人类啊，最容易被眼前的欲望冲昏头脑。阿那克萨尔科斯以身作则，放弃了常人所追求的荣华富贵，过着简单朴素的生活，有衣有食就当知足。因而世人称他是一个幸福者。出人意料的是，他人生的结局却是极为不幸的。

阿那克萨尔科斯是亚历山大大帝的朋友，因此他是这个征服者宴会上的常客。

有一次，宴会像往常一样满是珍馐美馔，但亚历山大大帝很重视他这位朋友，便问阿那克萨尔科斯："今天你能来参加这场宴会我很高兴，但不知道这些菜肴是否合你的胃口？"

"陛下，宴会上所有的东西都非常好，可以称得上是完美，但接下来应该呈上某位总督的人头……"阿那克萨尔科斯简短的回答中充满机锋。

同样出席宴会的塞浦路斯国王尼科克勒翁一听，知道是对方在骂自己，阿那克萨尔科斯一直认为他作风激进、不择手段，这种人在利益面前最擅长见风使舵，眼前虽然臣服于亚历山大大帝，但心里始终都打着自己的如意算盘。果然，亚历山大大帝离世后，他便与托勒密结盟巩固自己的势力。这场晚宴，两人算是彻底结下了梁子。

亚历山大大帝死后，有一回阿那克萨尔科斯乘船远航时遇到了糟糕透顶的天气，航船不得不停靠在塞浦路斯港避险。尼科克勒翁听说阿那克萨尔科斯到了他的国境内，冷笑一声，心中暗想：亚历山大大帝已死，看谁还能庇护你。报复的机会来了，他马上下令逮捕了阿那克萨尔科斯。

尼科克勒翁对阿那克萨尔科斯说："你是个聪明人，虽然我们之间有过误会，但如果你愿意效忠于我，我依然会给你想不到的地位与财富。"

看样子，尼科克勒翁确实没有真正了解过他的死对头，阿那克萨尔科斯可是出了名的"不动心"，亚历山大大帝都把他当作知己，区区一个塞浦路斯的国王居然跟他谈条件，真是不知天高地厚。

阿那克萨尔科斯坚定地回答道："这是不可能的，你只能在梦里实现。"

尼科克勒翁登时暴跳如雷，大声吼道："卫兵，还在迟疑什么？把阿那克萨尔科斯扔进石臼杵死！"用石臼杵死人，是尼科克勒翁为震慑敌人而惯用的刑罚，他可一点儿也不担心血肉四溅，其残暴可见一斑。

卫兵们架起阿那克萨尔科斯投进巨大的石臼，他们合力操起沉重的铁杵，捣一下对方就会血肉模糊。

阿那克萨尔科斯洪钟般的声音回荡在石臼内："尼科克勒翁，放马过来吧，你只能杵烂阿那克萨尔科斯的皮囊，却永远杵不烂阿那克萨尔科斯！"

尼科克勒翁气得脸色铁青，心脏病都快发作了，继续嘶吼道："来人啊，把他的舌头割下来。"

卫兵重新把阿那克萨尔科斯吊上来，还未等众人反应过来，他毫不犹豫地咬断了自己的舌头，吐在尼科克勒翁的脸上……令人尊敬的"幸福者"竟用如此惨烈的方式还击了权力者的残暴与不堪。

人类居然有这样的国王，你说该不该质疑？

阿那克萨尔科斯作为哲学家的责任就是反思人类的行为是否正确，是否符合人伦纲常，再平凡再平淡的生活他都感到满足。为了纪念他，第欧根尼·拉尔修写下了这些诗句：

尼科克勒翁，杵吧，用尽气力地杵吧！
那仅是一具皮囊而已。
杵吧！阿那克萨尔科斯早已回归到宙斯的身旁。
但是，冥后珀耳塞福涅将把你挂在她的梳子上，
说：你这可恶的磨坊主，拿命来！

善用哲学抬杠

——庄子与无为

人皆知有用之用，而莫知无用之用也。

——庄子

公元前331年的一天，一支浩浩荡荡的车队沿濮水河岸蜿蜒而来，在濮水边的一间小草房前停下。农田里劳作的人们停下手中的活计，抬起头来凑热闹。

这户人家每隔一阵子就会这样热闹一次。四年前，宋国大夫戴盈之就来拜见过这家主人，可这一次似乎阵仗大得多，因为来者是楚国楚威王的两位大臣，马车上满载着黄金珠宝和绫罗绸缎，草房前的禾场本来就小，车队都停到了濮水河岸上了。

这场面着实令人诧异，到底谁能享受这么高的待遇呢？

楚威王的两位使臣毕恭毕敬地走进茅草房，见到屋内简陋的陈设摆件后相视一笑，便与主人家序礼而坐，开门见山道："楚王早就耳闻先生贤能，仰慕已久，特派我们二人前来，呈上薄礼，想请先生屈就担任楚国的宰相。"

宰相可是一人之下万人之上的高位啊，居然用"屈就"一词，可见这家主人肯定不一般，不是有经天纬地之才，就是有扭转乾坤之能。

不卖关子了，这两位使臣拜访的神秘人物便是道家学派的代表人物——庄子，世人将他与老子并称为"老庄"，足以见其在中国思想文化史上的地位。庄子名庄周，字子沐，公元前369年出生在宋国蒙城，蒙城是现在的河南省商丘市的东北部地区，他是宋国第十一代国君宋戴公的后裔，也算是没落的王室子弟。

庄子虽年近四十，却学富五车，大家都认为他应该要做一番大事业，不能白白浪费自己的才华和能力。可是他平日里却像个散漫的闲汉，不是爱与人抬杠，就在河边钓鱼。《封神演义》中的姜子牙在渭水垂钓，用的是直钩，也不挂鱼饵，意图是向全世界揽聘——我乃大贤，愿者上钩。姜子牙不钓高官，直接钓君王，最后还真把赏识他的周文王钓上了。大家瞧瞧庄子的钓线下面还真有一枚弯弯的鱼钩，显然，庄子之钓与姜尚之钓截然不同，庄子还真是一本正经地在钓鱼呢。

使臣表明来意后，静待庄子回话。

庄子说："两位，我听说楚国有一只神龟，死的时候已经三千多岁了，楚国把它装在珍贵的锦盒里，供奉于庙堂，真有这样的事吗？"

楚国使臣连连点头称是。

庄子笑了笑，接着说："那请问，这神龟到底是希望死后留几块甲壳让人拜谒呢，还是希望活着在烂泥潭中拖着尾巴悠然地爬来爬去呢？"

使臣回答道："当然是在烂泥潭里快活咯。"

庄子哈哈大笑说："那烦请二位告诉楚王，我宁愿做一只在泥浆里摇尾巴的乌龟。"

两位使臣听后额头上冷汗涔涔而下，生怕回去交不了差，便试图勉力说服庄子："楚王许以卿相之位，赠以千金重礼，态度十分恳切，先生应该再考虑考虑。"

庄子说："是啊，千金确实是大利，宰相也实属尊位，但是你们应该见过即将用作祭祀的牛吧，人们把牛喂养长大，然后给它披上绣花锦衣迁去宗庙，宰杀后作为先祖的祭品，看似以礼待之，实则小命不保。二位请回，我还想多快活自在几年哩。"

千金之礼，宰相之位，也请不动庄子，濮河一带的老百姓听说了，大概都认为庄子是个傻帽。

庄子认为道是效法自然的道，道是宇宙万物的本原，道是自然规律、自然法则的一种人文总结，一切应道而生而存，一切依道而立而成，凡物顺道而兴而盛，凡事执道而顺而和，因此他的哲学体现了物我一体、天人合一的思想。由此也可以看出中国传统哲学很早就有伦理的起点，很早就显现出了人学、社会学的特质。《庄子·秋水篇》中有云："无以人灭天，无以故灭命，无以得殉名，谨守而勿失，是谓反其真。"除了楚威王，全天下的君王应该都认识到了庄子的大才，以"千金""相位"请他真是不足为奇了，可庄子却瞧不上眼！但无论怎么看，他也不像是有钱人啊。

有一天，夫人对庄子说："你来看看吧，米瓮见底了，家里快无米下锅了，孩子们可是每天都要吃饭的呀。"

庄子不忍心让妻子儿女饿肚皮，只能无可奈何地驾着驴车来到监河侯的府上，在府门前徘徊了许久，一咬牙一跺脚进了门。庄子说家里实在揭不开锅于是向大人借点粮，但请放心，秋收之后一定如数还上。监河侯虚伪地说："哎呀，这等小事还劳您亲自跑一趟。不就是借点粮吗，小事一桩，等我收到租税后，我就借给你三百金，这总行吧？"

庄子知道对方是个伪君子，但也不好当面撕破脸，便转念心生一计，平心静气地说："真是感谢大人的恩德，今日难得见到您，我也正好想跟您说个故事。"

人人都知道庄子的肚子里"有货"，监河侯也好奇下了"逐客令"后他的葫芦里还会卖什么药，便故作热情道："先生请坐，愿闻其详。"

庄子说："我昨天来的时候，路上听到有呼唤我的声音。我回头一看，原来车轮碾过的车辙里有一条鲫鱼。我便问它：'喂，鲫鱼，你在这里干什么呢？'鲫鱼说：

'我是从东海来的，你能不能给点水救我一命？'我说：'好的，我现在动身去南方游说吴越两国的君主，开凿一条水道将西江的水引来救你，可以吗？'鲫鱼说：'我因为离开了水，失去了安身的地方，我只需要一点点水便可以得救。见您这夸夸其谈的意思，不如早点去卖鱼干的地方找我吧！'""涸辙之鲋"的故事充分展现了庄子的机敏，但作为现代人，我们衷心希望人与人之间能够坦诚相待，不要再出现这般闹剧。

还有一回，宋国最擅长阿谀奉承、精通花言巧语的曹商来拜访庄子。庄子知道他出使秦国时得到秦惠文王的赏识，对方赐给他百辆马车，声誉和财富瞬间倍增，曹商一下子膨胀得不得了。他迫不及待地向庄子炫耀道："住在穷街陋巷里，靠编织草鞋为生，形容枯槁、面黄肌瘦，这可不是我曹商的做派；得到拥有万驾马车的君王的欣赏从而获得百驾马车，这才是我曹商的本事！"庄子冷笑一声，不紧不慢地说："老兄啊，据说秦王生病请来医治的人，能刺破疖肿和痤疮流出脓水的赏一辆马车，能舔痔疮的赏五辆马车，治好的部位越低下获得的赏赐便越多，看来你是做了比舔痔疮更了不得的事啊！小弟佩服佩服！"曹商一时语塞，无力反驳，只能灰溜溜地离开。

仁者乐山，智者乐水。庄子不是在濮水钓鱼，就是在濠水赏景。一个风和日丽的午后，庄子和好朋友惠子（惠施，战国时期宋国政治家、哲学家）在濠水的桥边玩赏，突然他感慨道："你看这鱼在水里游得悠闲自得，这便是它的快乐啊。"

惠子觉得莫名其妙，反问道："你又不是鱼，哪里知道鱼是快乐的呢？"

庄子说："你不是我，你怎么知道我不知道鱼的快乐呢？"

惠子不依不饶："我不是你，固然不知道你，可你本来就不是鱼，所以不知道鱼的快乐，这是可以确定的吧！"

庄子说："起初你就问我'你哪里知道鱼的快乐'，这就说明你已经清楚我知道鱼的快乐，所以才来问我是从哪里知道的，现在我告诉你，我是在濠水的桥上知道的啊。"

两个人玩着玩着居然像孩子般吵了起来，可见庄子无论对象，不抬杠就浑身不自在。

后来，庄子的夫人钟离氏去世了，惠子听到消息后赶来吊唁，准备安慰他。可惠子刚走到庄子的家门口，只见他两腿岔开，像一个簸箕似的坐在那里，居然不停地敲打着一只瓦缶唱歌："生死本有命，气形变化中，天地如巨室，歌哭作大通……"似乎没有一点儿悲痛的样子。惠子十分恼火，嘿，居然有这种人，妻子生儿育女、勤俭持家、同甘共苦、不离不弃、相濡以沫，现在人走了你不难过也就算了，竟然还有心情唱歌？！惠子正准备发作，要与这个"铁石心肠"的人说道说道，但转念一想，细细咂摸庄子的歌声，原来自有一番道理：钟离氏在没有来到人世前，是魂气，是胚胎，慢慢才长成了活生生的人，她从没有生命到如今失去生命，这一切便同四季的演变一样，是自然规律；她已经没有生命体征了，灵魂却从这破烂的茅屋迁往了天地的大屋，这等好事，作为丈夫的我当然为她感到高兴！

庄子爱抬杠，抬杠的对象不分达官显贵与市井百姓，这背后道出的都是点化世人的真理。这一辈子，他虽然穷困潦倒，可作为思想超然、境界高深的哲学家，却找到了自己与这个世界相处的最佳方式。这一点恐怕没人能够否认。

自然科学的"独立宣言"

——哥白尼与"日心说"

人的天职在于勇于探索真理。

青春应该是：一头醒智的雄狮，一团智慧的火焰；醒智的雄狮，为理性的美而吼；智慧的火焰，为理想的美而燃。

——尼古拉·哥白尼

公元1543年5月24日，波罗的海的弗隆堡边耸立着一座孤零零的箭楼，有人在顶楼的露台上不时地向远处眺望，神情焦急。

箭楼里来来往往的人们大都难掩悲伤的表情，因为在二楼房间的床榻上，躺着一位奄奄一息的老人。

"信使终于来了，书到了！"

顶楼传来管家激动的喊叫，楼下骑马的信使匆匆赶来。

人们揭开包裹着书的布条，小心翼翼地放在老人胸前，老人伸手摸了摸书，脸上流露出一丝欣慰的神情，后便离开了人世。

书是出版商从纽伦堡派人快马加鞭送来的，名为《天体运行论》，回光返照的老人便是它的作者——文艺复兴时期的巨人，近代天文学的先驱尼古拉·哥白尼。

其实，哥白尼很早就写完了《天体运行论》，只是一直不敢出版。因为教皇有令，凡是出版书籍都得经过教会审查，一旦审核不能通过，焚毁事小，但如果被定为异端邪说，就得火刑处死。早在1327年，意大利的著名学者采科·达斯科里公开提出地球是球状，在另一个半球上也有人类生活，最终被扣上不敬神的罪名在佛罗伦萨圣十字教堂前被烧死。1506年，哥白尼从意大利学成后回到波兰，目睹宗教裁判所将许多胡斯运动的参与者活活烧死。虽然哥白尼直至70岁才去世，在这七十年里，处于动荡变革中的波兰至少进行过三百多次宗教裁判，被火刑夺去生命的人不计其数。

哥白尼的担心不无道理，《天体运行论》出版之后，因为这本书而造成的悲剧确实发生过。意大利人布鲁诺就因为宣扬《天体运行论》，1600年被烧死在罗马鲜花广场，他也被人们视为捍卫科学真理的殉道士。

《天体运行论》究竟是一部什么样的书，居然会有人用生命来支持哥白尼学说？又怎么会令教会如此大动干戈？

尼古拉·哥白尼1473年2月19日出生在波兰维斯瓦河畔的托伦城。10岁的时候，他的父亲便去世了，他和母亲随舅父务卡施一起生活。务卡施待他视如己出，为外甥精心规划学业，希望他成才并有所建树。哥白尼天赋异禀，也十分勤奋好学，18岁就进入波兰克拉科夫大学学习

天文学和数学，23岁前往文艺复兴的策源地意大利学习，留学期间，他一刻都未停止对天文学的研究，进行过无数次的天文观察和测量，搜集到大量宝贵的数据和资料。

哥白尼痴迷于古希腊天文学家阿利斯塔克（公元前315年至前230年）的天文学著作，他提出的"日心说"在哥白尼内心深处埋下了种子。

"地动说""日心说"很早就出现了，战国时期的列子（公元前450年至前375年）曾在《天瑞》中提到："运转靡已，大地密移，畴觉之哉！"意思是大地在不停地运转，很短的时间内就移动了不少路径，但人们始终难以觉察。毕达哥拉斯（公元前580年至前500年）也认为地球和其他行星一样围绕宇宙中心的一个大火球运转，这便是古希腊超前的"地动说"。即便如此，可是不知为什么，当时的教会却选择了一个错误的观点，确立了古希腊思想家亚里士多德和天文学家托勒密的"地心说"（即地球是宇宙的中心）为宗教的至高教义。

哥白尼一直没有忘记阿利斯塔克的"日心说"，大部分时间都在观测天体运动，计算天体的运行轨迹。

一天早晨，他站在山坡上，发现太阳升起的地方与前几天看到的位置不一样。他一直等到日落，发现太阳落下的地方也不一样。根据这个发现，他一直反复计算观测，发现每年的第一天，太阳都回到同一个位置升起。哥白尼通过观察获得的数据，成为"日心说"的依据所在。

不过，哥白尼的"日心说"理论在观测中却遇到了一个大难题，就是观测不到恒星视差。哥白尼假设，位于轨道上任意一点的地球，和半年后的地球所在位置距离一亿八千六百英里，恒星的外观位置应该产生了变化，可是哥白尼没有精密的望远镜，光靠肉眼无法看到恒星视差。由此，他推测出恒星的位置比太阳远得多。经过几十年的观测计算，40岁时，他经过长时间的积累与沉淀后开始动笔写《天体运行论》。

当时的人们信仰神明，依赖神明，哥白尼则依靠科学，用自己了解到的事实说话。他是典型的科学家，具有强烈的探索精神和服务全人类的意识。他观测到太阳是宇宙的中心，地球围绕太阳旋转，推翻了人们信奉的说法，建立了具有划时代意义的宇宙观。

以前，人们一直生活在"静止"之中，并认为这是不容辩驳的真理。如果哥白尼提出他的观点之后，人们突然掉进了"运动"中，所有人的生活突然"运动"起来，脱离"静止"，这个冲击力着实不小。

哥白尼深知这将颠覆人们的认知，摧毁教会的权威，并给自己带来杀身之祸，他不想做无谓的牺牲，这些理论需要时间来证明是正确的，因此他十分小心谨慎，试探性地做过几次演讲，誊写过部分手稿在一些进步人士中传阅。这些学说一天天扩散开来，影响与日俱增，甚至传到了当时的宗教革命家马丁·路德的耳朵里，他得知后愤怒地指责哥白尼："这个蠢货想要把天文学全部颠覆，但是《圣经》告诉我们，约书亚命令太阳，而不是命令地球静止不动。"法国神学家、基督教新教加尔文宗创始人约翰·加尔文也公然怒斥道："有谁胆敢将哥白尼的一派胡言凌驾于圣灵的权威之上？"

瞧瞧，死守谬论的人，比拥有真理的人还霸气。哥白尼的学说冲击了《圣经》里的观点，制造了前所未有的矛盾，教徒们认为这是极其危险的存在，所以注定其在当时被"唾弃"的命运。

舅父务卡施病逝后，哥白尼迁居到弗隆堡生活。又过了一些年，十字骑士团在波兰北部频繁活动、屡次进犯，教会见风使舵，任命他担任俄尔斯丁教产总管。哥白尼一面对抗强敌，一面日夜写作，弗隆堡曾数次陷入与十字骑士团的包围苦战中，哥白尼鼓励人们英勇作战、保卫家园，同时以高超医术疗愈战场上的伤者。十字骑士团的首领霍亨论将他视作眼中钉、肉中刺，甚至派奸细潜入城堡内，偷偷烧毁他的手稿和仪器，挫败他的斗志，可哥白尼始终坚守城堡，将平日里进行天文观测工作的角楼改成哨岗，最终霍亨论的军队粮草殆尽，只能作罢，同意休战。

哥白尼是杰出的天文学家、哲学家、战士、医生，经历过烽火连天的无情岁月，但即使在他回归平和生活的日子里，教会也没有放弃对他的监视和骚扰。红衣主教死性不改，甚至写信向他索要手稿，哥白尼毫不客气地拒绝了对方。更过分的是在一次狂欢节游行中，路德教的信徒们打扮成他的样子，装腔作势地向路人宣称，他是一位占星术士，运用神奇的力量定住了太阳，定住了地球……这哗众取宠的拙劣把戏很快引起了闲客们的阵阵哄笑，人们甚至忘记了哥白尼为保卫自己的国家和人民所付出的巨大代价。

所以，当年迈的哥白尼抚触到成书后的《天体运行论》，就像抚摸到了世界安静的真相——它就在那里，一直没有消失，其光芒也不会被愚见所遮盖……这部不朽的著作也被德国思想家、马克思主义的创始人恩格斯称为：将自然科学从宗教神学中解放出来的"独立宣言"。

补鞋匠的演讲
——西蒙与理想城邦

西蒙是雅典人，一个补鞋匠，当苏格拉底去他的作坊谈论某问题时，他尽可能把能记住的东西都记了下来。

——第欧根尼·拉尔修

雅典一条老街的转角处有一家修鞋铺，经过这里的路人们总能听到捶打皮革的声音。捶打声比较沉闷，但人们免不了会回头多看这铺子几眼。

不知从何时起，鞋店捶打皮革的声音减少了一些。

也不知从何时起，铺子里多了一些说话的声音，仔细听是一个人在讲些什么，徒增了神秘感。

又过了一段时间，里面的说话声似乎更加热烈，从原先一个人的声音变成了两个人的声音，而且还是一问一答，出现了许多有意思的词汇，有别于日常生活中的寒暄。

"对话"这个词在雅典人脑海中一经闪现，雅典人就有了许多兴奋，也有了更强烈的疑惑。雅典人时常在城市广场上看到哲学家们对话，"对话"只属于哲学家啊，修鞋铺怎么也出现了对话？！有人把这揣测当作新闻说了出去，一传十，十传百，百传千，大街小巷到处都是有关于鞋匠的议论。大家终于忍不住了，走近修鞋店。天啊，眼前的景象令人大吃一惊：大名鼎鼎的苏格拉底正在和补鞋匠西蒙交谈！一个补鞋匠何德何能，居然可以与大哲学家苏格拉底对话？人们常说苏格拉底身边发生什么事都不奇怪，但眼前的景象还是令众人错愕。但事实确实如此，历史也记下了桩奇事。

雅典不乏有思想的聪明人，他们即便出身贫寒，但深谙经营自己的法子，通过与达官显贵们来往交游、高谈阔论，由此摆脱了拮据的生活状况。唯独这苏格拉底一年四季都是破衣烂衫，纵然满腹经纶，似乎也太不讲究了。

一天，苏格拉底光着大脚板吧嗒吧嗒地赶路，有人喊他："嘿，苏格拉底，尊敬的大哲学家，您怎么老是不穿鞋呢？难道你和鞋匠有仇吗？成心不让他们赚点钱？"这显然是一种揶揄。

"如果你洞悉世界的奥秘，便会知道人其实不需要那么多的身外之物。"苏格拉底头也不回地继续大步往前走。

苏格拉底简朴得让整个雅典都感到费解，他的学生众多，要是靠收取学费，说不定比克里同还富有，可是他教学生分文不取。苏格拉底要养活自己、老婆和三个孩子，得去干活挣钱，但他从不疲于奔命，挣的钱够日常

生活开销就行了，甚至会用多出来的钱做点投资，靠利息改善生活，大部分的时间他都专心致志地和学生们讨论哲学去了。

只要没有战事，雅典人都比较崇尚自在散漫的生活方式，自从发现苏格拉底不穿鞋后还真就关注人家脚丫子那点事儿了。可是苏格拉底总是光脚进鞋铺，也光脚出鞋铺，他原来不是买鞋，而是与鞋匠西蒙对话来着。

"修鞋铺里居然有非同凡响的对话！"

"是小鞋匠西蒙和苏格拉底在对话。"

消息一出便席卷了雅典，好奇的人们潮水般涌来，把修鞋铺围得水泄不通。仔细一听，苏格拉底正和西蒙在谈论雅典的理想格局。

苏格拉底在铺子里踱来踱去，顺脚还把挡道的东西踢得哐当响，嘴里念念有词："靠近菜市场的那个街角应该有一个理发店。"

西蒙一边用木槌敲打鞋帮，一边对苏格拉底说："先生，你说得极对，那个地方还得有一家修鞋铺。一座理想的城市至少要有七个修鞋铺，少了一个都不能满足人们的需要，多了则是浪费资源。但是卖鞋的店家多了也不行，这将助长人们生活上的奢靡；理发店多了，也会让人们过分投入对美的贪恋，这些都会破坏城邦的理想格局。"当时的西蒙哪里知道，现在连美容院都有了。

哎呀！这哪里还像一个补鞋匠啊，简直就是一位哲学家嘛，人们惊讶得下巴都快掉下来了！人们目睹西蒙谈城邦的理想格局，是那样深思熟虑，那样胸有成竹，那样有理有据，不亚于任何一位先哲。

西蒙一般会在晚上把自己和苏格拉底的对话记录下来，他统共记录了32篇对话，广为流传的有《论诸神》《论善》《论美》《论正义两篇》《论勇敢三篇》《论德性的不可教》《论法律》；还有与现实息息相关的《论经营》《论劳作》；以及谈论人性与伦理的对话，如《论吹虚》《论贪婪》《论爱情》《论享乐》等。

《论交谈》令西蒙名声大噪，大家都知道有"苏格拉底式对话"，但并不知具体的形式。西蒙说，苏格拉底与人对话有一个最大的特点，就是"强强对话"，追着人家的屁股后面提问追问，追问反问，一个问题接着一个问题，穷追不舍，问得人喘不过气来，可谓片瓦不留。后来诬陷苏格拉底不敬神的人，说不定就是被他问急了且心胸狭隘之人！

可以想象得到，在鞋铺里，西蒙和苏格拉底的对话也是像武林高手般的交锋，你一招我一式，很多"杀招"都被对方敏锐的反应能力和渊博的学识化解于无形。某种意义上来说，苏格拉底成就了默默无闻的西蒙，他的提问是显影液，反问是定影液，追来问去之下，西蒙的思想精华就像照片一样逐渐清晰起来，成为了不起的哲学成果。

其实，西蒙和苏格拉底对话已经很长时间了，只是他实在太不起眼，没有引起人们的注意。后来，人们用"皮革的"这个词来称呼西蒙记录下的对话，他是第一个通过谈话的方式来介绍苏格拉底式对话的人。

西蒙能写出《论理智》《论法律》《论议事》，就说明他是一个视野宽阔格局大，关心时事政治忧国忧民的人，一般的补鞋匠只会关心一天修了多少鞋，赚了多少银币。

当时雅典的最高领袖是伯里克利，他目光如炬、气宇不凡，青少年时代便与希腊盟军共同抗击波斯侵略者，身经百战、刚正不阿，深受民众的拥戴。如果不是被巨大的政治声誉所掩盖，其实他也是一位杰出的哲学家、演说家，素来尊重苏格拉底的看法和主张。此时雅典的思想与政治文化已经进入了全盛时期，但伯里克利致力于将雅典建设发展得更好。他听说小鞋匠西蒙写下了很多有见地的文字，感到好奇，于是派人找来"皮革的"一读，读罢他便坐不住了，冲出府邸要去找对方。

伯里克利对雅典了如指掌，他刚跨进鞋铺，只见西蒙围着脏兮兮的围裙，正在摆弄着一张牛皮。

西蒙也感到诧异，定了定神，不亢不卑地说："将军大人，您怎么跑到这儿来了？若是修鞋差个人送来便是了，何须大驾？"他转头又忙起手中的活计。

两个人只交谈了一会儿，伯里克利便表现出其"识英雄重英雄"的气魄，他说："我的朋友，你的学识和才情令人钦佩，如果你囿于生活现状，那么大可不必担心，你可以和我携手干一番更大的事业，带给你无限的荣光与财富。"

西蒙笑了笑说："尊敬的大人啊，您的想法没有错，但您的话错了。我愿意留在这儿有一个天大的好处，便是时常可以见到苏格拉底先生。他经常来鞋铺，但绝不会经常逛王宫。"

一般人可能听到这样的回答后便没辙了，但伯里克利则说："你应该做比补鞋匠更有利于城邦的事，我想有责任感的苏格拉底也会表示赞同。"

西蒙说："我的思想来源于这儿，追随您赴庙堂当差，会断了思想的源头。"

伯里克利有点恼，说："苏格拉底的学生和朋友，没有一个不固执啊！可是，我了解他的个性，苏格拉底为了让雅典变得更好，也会做出必要的妥协！"

西蒙笑眯眯地回应道："对呀，我正是按照苏格拉底所说的在做。我不做补鞋匠，这个铺子就消失了，我继续做补鞋匠，它便会存在，雅典公民的生活也将更加便利，城邦的格局不就更理想吗？"伯里克利一听，这个小鞋匠不会为了加官晋爵而放弃修鞋，更不会为了荣华富贵而破坏雅典的理想格局。于是他与西蒙的第一次会面就这么结束了。

可是伯里克利总是忘不了这个补鞋匠，他迫切地需要更多的良师益友来协助他治理雅典。他多次派人前去游说西蒙，都未能得到满意的答案。伯里克利是一个坦诚率真的人，没有什么架子，他忍不住又跑去西蒙的鞋铺了。

还没有等伯里克利开口，西蒙就说："尊敬的伯里克利大人！高贵的工作和卑微的劳作，皆为打造'理想中的雅典'，也正是因为大部分底层的劳作者有这样的觉悟，雅典才成为伟大的城邦。我虽然是一个补鞋匠，但我丝毫没有怀疑、嫌弃这份工作，何况我也热爱自由自在的生活，决不会因为钱财而放弃演讲的权利。"

伯里克利只能叹息着离开。

一天，西蒙在城市广场作演讲，有人大声问道："西蒙，你是不是忘了带皮围裙和木槌啊？"

西蒙笑着说："哦，看样子你还没有忘记我的标志！对，即使我今天作演讲，明天照样会开店补鞋。不过今天没有东西需要捶打，所以我就没有带木槌。我的老师苏格拉底修理整个城邦时，从来不带木槌。"

这机智的回答赢得了海浪般的掌声。广场上人潮涌动，伯里克利也来了，见苏格拉底默默地站在人群中，便走过去和他并肩站在一起聆听西蒙的演讲……

看似平凡的生命一旦被哲学的智慧所点亮，一个补鞋匠也能成为影响世界的巨人。

为真理而殉难

——绝代风华的希帕提娅

我信仰哲学。

——电影《城市广场》中主人公希帕提娅的台词

公元1509年，梵蒂冈罗马教皇的宫殿计划绘制四组大型壁画。经过一番激烈的竞争，意大利画师拉斐尔·桑西凭借其出众的才华获得了这份光荣的工作。

意气风发的拉斐尔技艺娴熟、胸有成竹，很快便完成了第一室哲学主题的草图《雅典学院》。当他把草图的手稿送到罗马教皇尤利乌斯二世面前，对方大为吃惊，感叹其在这么短的时间内就拿出了如此气势恢宏的草图，连连称赞这位青年画师。

"这名女子是何人？"教皇突然指出画面中的一个人物问道。

拉斐尔说："她是雅典学院的希帕提娅。"

"希帕提娅？"教皇的语气颇为玩味，令人琢磨不透。

拉斐尔解释道："希帕提娅是当时最顶尖的数学家、天文学院，她的美貌与其学术成就相比都黯然失色……"

教皇正色道："虽然她是雅典学院的学生，但出现在这幅画中是不符合规矩的。"

"如您所愿。"拉斐尔顺从地点了点头。

不过，后来他并没有听从教皇的建议。

一直以来，拉斐尔为提高绘画技艺付出了大量的时间和精力，却未能向公众展示自己的水平。即使他十分珍惜这个一展才华的机会，但是拉斐尔的内心深处极为敬重希帕提娅，这次创作是他向人类中追求智慧和真理者的致敬，要是不把这位伟大的女性绘入《雅典学院》闪耀的群星当中，他会觉得这幅画作是失败的，残缺的，必定抱憾终身。

机智的拉斐尔替换掉了原构图上被教皇介意的人物，他把希帕提娅调整到画面中一个更为重要的位置上，让她站在爱利亚学派创始人巴门尼德的旁侧，一袭白袍，神情恬静，萦绕着一缕淡淡的哀愁。

拉斐尔在《雅典学院》中一共刻画了五十多位思想家、哲学家的形象，他们都是为大众所公认的人类精英，可罗马教皇为何容不下希帕提娅的存在呢？

故事要从头说起，希帕提娅是有家学渊源的，她于公元370年出生在埃及的亚历山大城，父亲赛昂是当时有名的数学家、天文学家，在亚历山大图书馆担任馆长，从事教学和

研究工作。

亚历山大图书馆建于托密勒一世，它拥有最丰富的古籍收藏，是世界上最古老的图书馆之一。统治者希望将亚历山大城打造成像雅典一样的政治文化中心，为了建设好图书馆，从国王到图书馆的工作人员都想方设法地收集图书资料，他们通过采购、抄录、租借、翻译、编撰、骗取等多种手法，很快就搜罗和收藏了大量书籍的原著、抄本和手稿，地中海沿岸地区当时所有重要文献几乎都汇聚于此。

孩童时期的希帕提娅就能自由出入图书馆看书，父亲赛昂教育女儿的方式方法经常被人们议论。

有个女性管理员大惊小怪地对同伴们说："我见到希帕提娅在读有关占星术的书籍，天啊她只是一个小姑娘，难不成在修炼巫术吗？这可令我吃惊不小，于是我就把这事儿告诉了她的父亲——我们的馆长。"

"赛昂馆长怎么说？"大家很想知道。

"结果……我觉得馆长似乎并不是一名称职的父亲。他居然说'只要态度正确，有正当的目的，掌握了正确的读书方法，即使是一个女孩子，什么书都可以读'。"

大家一片愕然。

在庄严的金字塔下面，天真烂漫的小女孩和自己父亲在阳光下玩影子。

小希帕提娅对站在远处的父亲喊道："爸爸，机会来了，太阳开始为我们提供数据了。请您再仔细检查一下，那根立竿是否垂直？"

"亲爱的孩子，我已经检查五遍了，完全符合你的要求。"赛昂极为尊重年幼女儿的志向，甘愿担当她的助手。

小女孩一脸认真，看看金字塔，看看金字塔的影子，又看看立竿的影子，仔仔细细地量出影子的长度，把一组数据记了下来，并进入了紧张的计算。

"金字塔的高度被我测量出来了！"小女孩激动地对父亲说道，赛昂看着女儿写下的数据，疼爱地抚摸着她的小脑袋，他是一个内敛的男人，喜悦的背后显现出了一丝担忧，或许这孩子的出众日后会为她带来坎坷和磨难……

希帕提娅的智慧和美貌日益耀眼。17岁那年，芝诺悖论的辩论大会在亚历山大城举行，她绞尽脑汁地央求父亲让自己参加。赛昂并不希望女儿过分地抛头露面，他也深知其学术造诣已经远超这座城邦里很多德高望重的学者，但实在降不住她的性子，最终希帕提娅如愿以偿。在辩论会上，她一针见血地指出芝诺的错误所在：芝诺的推理包含了一个不切实际的假定，他限制了赛跑的时间！众人为之哗然，人们无法想象如此深奥的难题竟被一名17岁的少女破解，一时间，亚历山大城几乎所有人都知道她是一个非凡的女子，不仅容貌美丽，而且聪明好学。

希帕提娅从小就熟读各种典籍，上知天文，下知地理，学识渊博，并协助父亲完成了欧几里得《几何原本》的润饰和注释。但她并没有止步于此，桃李年华之际，城内青年男子向她求爱的情书像雪花片一样纷沓而至，达官显贵中的提亲者更是络绎不绝，她根本不为所动，矢志要做一番大事业，于是远渡重洋，先后前往雅典、意大利等多地访问学习，结识当地的一些学者，与之探讨问题。

大约在公元395年，希帕提娅重回故土，开始公开授课，走在大街上，男女老幼都向她投来钦佩的目光，好些比她年长的学者都尊称她为老师。人们评价她"拥有柏拉图的大脑与阿佛洛狄忒的身体"，可谓风华绝代。

她孜孜不倦地研究数学和各门精密科学，一边阅读一边整理阿波罗尼斯的《圆锥曲线论》、阿基米德的《论球和圆柱》、丢番图的《算术》等专著，对托勒密的学说提出过独到的见解，指出其不足之处。此外，希帕提娅与父亲赛昂合作完成了《天文学大成评注》一书，她自己独立编写了《天文准则》，在钻研圆锥曲线方面也卓有成效。此外，她还具有发明创造的天赋：利用投影的原理制造出了反映天体运行的星盘、滴漏及液体比重计，这些实验仪器的使用令她的研究更加突飞猛进。

公元400年，30岁的希帕提娅成为亚历山大柏拉图学院的院长，创立了柏拉图亚历山大学派，她的声望达到了巅峰。但是一心埋首于研究的她，忽视了一个巨大的威胁：由于基督教的势力不断扩张，为了巩固统治，罗马帝国将其立为国教，凡是不信基督教的人都将被视为异教徒。一直以来，希帕提娅虽然严守中立的政治立场，但她的科学研究和学说在民间具有广泛的影响力，这使她成为亚历山大城新上任的主教西里尔的眼中钉、肉中刺。

据说有一天，西里尔骑马路过一处民居，他看到门前人潮涌动，便问随从："这里到底发生了什么事？怎么这么热闹？"随从回答他说："他们都是来请教希帕提娅的民众。"西里尔顿时妒火中烧，一个阴谋逐渐在他心中酝酿成型。

公元415年3月的一天，希帕提娅如常乘坐马车前往学院上课，马车驶过教堂时，一群受西里尔鼓动的狂热信徒冲上来拦截了马车，把她从上面拽了下来，用锋利的蚌壳、瓦片剜下希帕提娅的皮肉，然后把尸体剁成碎块运到基纳隆，扔进熊熊烈火之中……

因为教廷的极力掩盖，没有任何人为这桩令人发指的暴行付出应有的代价。人类的文明再次坠入黑暗的长夜……

1509年，拉斐尔在《雅典学院》中刻画了忧郁动人的希帕提娅；1853年，英国作家查尔斯·金斯利创作了小说《希帕提娅：新敌人与一个旧面孔》，随后被改编为戏剧；三十二年后，英国画家查尔斯·威廉·米切尔也创作了题为《希帕提娅》的油画；2009年，一部名为《城市广场》的电影描绘了希帕提娅传奇的一生……

小说、戏剧、绘画、电影，包括我们在这里所讲述的故事，都是在向追求真理、服务人类的希帕提娅致敬。

"奇异博士"的始祖
——罗杰·培根损己利人

罗杰·培根认为，支持某些见解时，从祖先的智慧、习惯或共同的信仰进行议论是错误的。

与其说他是个狭义的哲学家，不如说他更多的是一个酷爱数学和科学的大博学家。

——罗素

法国巴黎的郊外，隶属于弗兰西斯教团的一处简陋住所里，一个神情忧郁的中年人在屋子里来回踱步。都说巴黎是浪漫之都，满目繁华，可他却丝毫没有这份心情，仔细一听，他的脚把地板踩得嘎吱嘎吱地作响，神情十分不满。

这栋房子从外表来看稀松平常，和其他修士的住所没什么两样，但总是让人觉得怪怪的。怪在哪里嘞？一时半会儿又说不上来，说不上来又不能说不怪。如果细细打量，你会发现房间里木床、衣柜、书桌等家具一应俱全，这些都能够保障基本的生活需要，但这人为何如此烦躁不安，难道是因为限制了他的人身自由？

其实，准确来说是——思想的自由，这里没有纸、笔及墨水，任何思想的火花都无法记录下来，这对于一个哲学家来说简直是度日如年啊。

困在房间里的中年人是罗杰·培根，他于1214年出生在英国索墨塞特郡的一个贵族家庭，16岁时便进入牛津大学学习四门高级课程（几何、算术、音乐、天文）并顺利完成了学业，而后在法国巴黎留学。回到牛津后他花掉了自己所有的钱财建立了一个功能完备的实验室，成天在里面做研究。

最好的学习方法除了看和听之外，还要勤于思考与实践。罗杰·培根熟读欧几里得的几何学著作，其中的内容被他天天引证。每当下雨前，他总是望向天空，观察天上的彩虹，发现虹是太阳光照射空气中的水珠而形成的自然现象，而不是神明创造出来的。同时，他分析了光在人类眼睛中的折射规律，发现了凸透镜对恢复人视力具有重要的作用，他的这项成果促进了眼镜的发明。

有一回，罗杰·培根正在户外做火药的实验，不知何时引来了好奇的众人围观。他当下心想：也好，就让你们见识见识科学的魅力吧。

火药的原材料到达燃点后噼啪作响，火星四溅，围观的人群发出阵阵惊呼："这怎么可能，要是没有魔鬼作祟，这种魔法怎么会存在？"当时的人们深受神学世界观的影响，虔诚地信奉上帝，宗教机构把解释不了的科学现象统统定性为炼金术、魔法、巫术之类的，而罗杰·培根却是一个不折不扣的唯物主义者，坚信自己正在做造福人类的事业。

平日里，培根做科学研究之余，经常发表自己的观点和看法。可在人类未能完全看清这个世界的时候，真理往往会被蒙尘。一些别有用心的人听后，认为培根利用他引以为豪的科学实验凌驾于神明之上，这可是冒犯和亵渎！

有人这么一揣测，真理就给他带来了危险。

1257年，罗杰·培根被赶出了大学，人也被关了起来。不能看书，不能实验，不能写作，更别想出书，天啊，这是对他来说远甚于肉体的折磨，强制他与所有知识切断联系。

可这又有什么办法呢，下令者可是弗兰西斯教团的会长——大名鼎鼎的波那文图拉。

时间流逝，虽然日子过得极为煎熬，但转机也悄然而至。一天清晨，"咚咚咚"，一阵急促的敲门声响起。来访者身着黑衣，诡秘一笑，他介绍自己是罗马教皇的使节，名叫居·德·福勒克。

福勒克也不过多寒暄，开门见山道：培根先生，你的机会来了，我受教皇的委托找到你，教皇希望你能写出你的思想成果。"

罗杰·培根犹豫地问："可是……我身上已经有了一道禁令啊！"

福勒克冷冷地说："我知道波那文图拉会长禁止你这么做，可是教皇大人的利益至上。"

罗杰·培根回答道："那请给我纸和笔吧，此外我需要读的书有点多……"

没过多久，罗杰·培根便一口气完成了《大著作》《小著作》《第三著作》三部书。长时间受到压抑的哲学思想像火山喷发一样惊人。罗马教皇读完这些书后，大为震撼，他很快下了一道命令。1268年，罗杰·培根彻底结束了被囚禁的生活，他的思想令他重获自由。

解禁后的罗杰·培根照样是该做实验就做实验，该怎么说话就怎么说话，无所顾忌，他还指出了愚昧的四种成因：一是死守脆弱的"权威"，并且盲目崇拜；二是过分依赖惯性思维；三是坐井观天，甘愿做井底之蛙；四是用浮华的外表来掩饰内心的贫瘠。罗杰·培根甚至觉得愚昧会像瘟疫一般传染，严重影响人们正常的社会生活。

罗杰·培根接二连三地扔哲学炸弹扔得倒是痛快，可惜当时还是没有人愿意接受他的观点。1277年，罗杰·培根又被送进了监狱，这次他被囚禁了整整十四年，直至1292年才得以释放。

虽然他的哲学和研究几乎让其遭了一辈子的罪。但罗杰·培根为后人留下了宝贵的财富："知识来源于实验，如果没有经验就不能充分认识任何事物。"这一观点让人们受益无穷，人类在文明的进步上也因此少走了许多不必要的弯路。

不可以追兔子

——洞察人性、追求公平的管仲

何为四维？一曰礼，二曰义，三曰廉，四
曰耻。

四维不张，国乃灭亡。

疑今者，察之古；不知来者，视之往。

——管仲

管仲姓姬，这是一个古老而高贵的姓氏，事实上他是周穆王的后代。管仲不贪图富贵，发誓要通过自己的努力创造财富，但20多岁时管仲还是很穷，便与鲍叔牙合伙做生意。赚了点钱后管仲先把自己的外债还了，到年底分红时，把鲍叔牙的那一份也占了。大家都说管仲有点贪心啊！可鲍叔牙却不以为意。

管仲老爱占鲍叔牙的便宜，可两人却从未红过脸或闹过矛盾。管仲从军时，又和鲍叔牙分在一块儿。打仗冲锋时，周围人很少看到管仲冲在前面，撤退时，管仲反倒比谁都跑得快。每当陷入敌军的包围时，战友们又总是看到鲍叔牙舍命救管仲，从来没有看到过管仲有英勇的表现，于是大家私下都说他是贪生怕死的孬种。

宽厚的鲍叔牙向众人解释道："哎呀，你们有所不知啊，管仲是一个独生子，家中贫困，还有一个老母亲，他还要为母亲养老送终呢，他不想白白丢了性命让老母亲痛苦伤心、以泪洗面啊！等他了却种种牵挂，到时候肯定比谁都勇敢！"

当年齐国内乱，逃亡在外的公子纠和公子小白都想先发制人，夺取国君的宝座。为了帮助公子纠，管仲献计，抄要道埋伏公子小白的车队，并且自告奋勇地去当刺客，这可和他当兵时的模样判若两人啊。管仲等对方的马车进入射程范围之内时，就"嗖——"的一箭射向公子小白，对方应声倒下，其实是咬破舌尖佯死……公子纠如果当上国君，管仲就可以大展宏图，他参与纷争，必然有其私念。有时候，管仲就琢磨起来，虽然自己熟知周朝礼仪，可是却始终克服不了私欲，看来人趋利避害的本性确实存在。

有一回，管仲看到一群人在郊外追赶一只野兔子，路上尘土飞扬，满是跑丢了的草鞋。还有一天烈日当空，他看满头大汗的商人已是疲惫不堪，却始终不肯停下脚步坚持赶路。更夸张的是，他在海边看到天空乌云密布，风雨雷电交加，海面波涛汹涌，竟然还有渔民不顾性命安危在出海捕鱼。

管子感慨良多地说："夫凡人之性，见利莫能勿就，见害莫能勿避。其商人通贾，倍道兼行，夜以继日，千里而不远者，利在前也。渔人之入海，海深

万仞，就彼逆流，乘危百里，宿夜不出者，利在水也。故利之所在，虽千仞之山，无所不上；深渊之下，无所不入焉。"管仲深刻地认识到，人性好利来源于生存欲望和生存需要，商人之所以不远万里、不畏路艰且险地跑买卖，就是因为看到前面的利益；渔民不惧大风大浪的恶劣天气、葬身汪洋大海的危险，是因为海里有他所求的渔获。

其实，战国时期的荀子就曾指出："目好色，耳好听，口好味，心好利，骨体肤理好愉佚，是皆生于人之情性者也。"商鞅也说过这样的话："民之生：度而取长称而取重，权而索利。"人的一举一动，都会受到自己趋利本性的支配。

既然人性的善恶，与利益息息相关，所以治理国家光靠礼制还不够，要礼法结合，运用律法约束人的行为，才能实现长治久安。依法治国的好处，在《管子》中有着明确的阐述："法者，所以兴功惧暴也；律者，所以定分止争也；令者，所以令人知事也。"管仲这三句话中，出现了"法""律""令"三个词语，第二句中还有一个很重要的词语叫作"定分止争"，怎么解释呢？一群人之所以追野兔子，是因为那只野兔不知道是谁的，谁最先逮到就归谁。而集市上那么多家兔子，为什么没有人追呢？不是人们不想要，是因为这些兔子是有主的，所以没有人来争来抢。要是抢集市上的家兔子，那就破坏了法律。想要集市上的家兔子，就得花钱买来，遵守市场交易原则。

不是说追到了兔子就完事了，追兔子的过程中还会生出事端来！人人都想得到那只野兔子，弄得人仰马翻、你争我夺，说不定还会大打出手，落下个鼻青脸肿，由此引发了一系列矛盾。管仲认为正因为没有"定分"，所以才无法"止争"——都是那只野兔子没有明确归属造成的麻烦。

管仲承认趋利避害是人的本性，但坚决反对人放纵私欲，对贪婪暴虐的行为更是深恶痛绝。周朝有一套完整的礼制，如果当爹的做大官，后代子孙可以世袭爵位和封地，祖祖辈辈的俸禄待遇能够一直保留延续，所以特权阶段的利益是无法被撼动的。管仲在齐国推行自己的哲学思想，接二连三地颁布律法，其目的就是要约束特权阶级，提倡律法之下，人人平等，谁对国家的贡献大，谁才能享有财富与荣耀。

财富、地位、荣誉都是"野兔子"，只要稍微一冒头，大家都会竞相追逐，而且争得头破血流，最后演变为尔虞我诈。管仲运用律法把钱财、地位、荣誉变成"家兔子"，变成有归属权的兔子，用律法保障社会上公平公正的竞争，让人们通过自己的正当努力获得利益与地位，付出的努力越多，收获也就越大。管仲的哲学思想确实科学且实用。

明确了如何竞争"野兔子"，自然就没有人争抢了，不会因为你是贵族就享有特权，大家不分贵贱高低，个个都遵守律法，公平买卖，和气生财，社会秩序井然有序，商业上一片繁荣，国家便日益强盛兴旺。

管仲推动齐国实践法家哲学，使之成为春秋五霸之一。而另一位战国时期法家的代表人物李悝于公元前445至前396年在魏国推行法治，魏文侯在位的五十年，魏国成为战国七雄之一。

法家哲学虽好，但管仲等人在推行法家哲学的过程当中坎坷曲折。有言云"利不百，不变法；功不十，不易器"，指的是利益没有增加百倍就不会变更法令，这是第一道观念上的"难关"。实行法治，推行一些新的制度，涉及利益的重新分配，这必然会触怒贵族阶级，所以这第二道难关是利益上的"难关"，历史上有许多想以法家哲学治国的贤者，都落下了"出师未捷身先死"的下场。

楚悼王时期，吴起于公元前386年到公元前381年实行法家哲学，楚国逐渐强大起来。公元前381年，楚悼王去世后，原本受打压的贵族们便立即发动叛乱，乱箭射杀吴起。楚肃王继位后，把叛乱者全部按律法处死，诛灭全族，虽然为吴起报了仇，但楚国的变法就此画上了休止符。公元前356至前350年，商鞅在秦孝公治下实行变法，秦孝公于公元前338年去世，商鞅便遭到公子虔等人的追捕，后来他在彤地失败战死，尸身在咸阳车裂示众。秦国真是凶险啊，可是韩非子却无所畏惧，他来到秦国推行法家哲学，欲助秦王完成统一大业。可是，秦王"少思而虎狼心"，他虽然认为韩非子是个人才，但却疑心深重。韩非子是韩国人，秦国与韩国交战之时，越发加重了秦王的猜忌，加上嫉妒韩非子才华的秦国丞相李斯乘人之危构陷他，最终韩非子在狱中只能服毒自尽。为了天下太平，人人享有公正平等的权利，牺牲了这么多哲学家。看来，公平确实是世上的无价之宝。

中国哲学有道家、儒家、墨家、法家等诸多学派。管仲的思想是法家哲学的基础，后来，被士匄、子产、李悝、吴起、商鞅、慎到、申不害、乐毅、剧辛等一大批哲学家、政治家完善健全，发扬光大，形成了全面系统的学派。所谓"不别亲疏，不殊贵贱，一断于法"，体现了中国古代哲学家们对公平正义的执着追求，实在是令人肃然起敬。

别拿楚庄王不当哲学家

——一鸣惊人的熊旅

贤哉楚王！轻千乘之国，而重一言之信。

——孔子

公元前606年，东周首都洛邑的郊外正在举行一场既盛大又肃穆的阅兵，周定王拍案大怒："谁竟如此嚣张？！胆敢在天子脚下耀武扬威！"

斥候的情报很快上报朝廷："禀报大王，是楚庄王在郊外阅兵。"

原本怒火冲天的周定王马上惴惴不安起来，左右权衡考量之后，派遣足智多谋的王孙满去慰劳楚庄王的军队，试探究竟。

王孙满来到楚庄王的军帐中，简单寒暄之后，楚庄王突然发问："先生可知天子的鼎有多大多重？"

相传夏王大禹把天下划为九州，要求各州进贡青铜然后铸有九鼎，九鼎象征天子至高无上的权威。楚庄王故意问天子的鼎有多大多重，明显是在挑衅，完全不把周定王放在眼里，称霸之心昭然若揭。

碰到硬茬的王孙满不慌不忙，笑着说："一个国家啊，兴旺不兴旺，强盛不强盛，在于有没有德，有没有义，而不是鼎有多大多重。"王孙满能说会道是出了名的，接着他讲起了鼎的来历，谈到夏禹实施德政，铸造九鼎的目的是护国佑民，从夏朝传到周朝的过程当中，鼎只是一种象征，而百姓看重的却是执政者的德行，商纣暴虐，所以才成了亡国之君，最后他指出："周朝虽然目前衰退了不少，王室的地位有所下降，但是天命还没有更改啊，因此九鼎的重量，现在还没到过问的时候呢。"

楚庄王听了王孙满这番话，心知时机未到，不能贸然进犯，否则在天下人面前"吃相难看"，失了德行，再者周定王有王孙满这等手段高明的谋士，自己称霸天下决计不是一件易事，需要从长计议，所以很快下令退兵回国。

楚庄王的父亲是楚穆王，于公元前613年去世，楚庄王从继位到公元前591年逝世，大概当政了二十三年。史书上记载"楚庄王继位时还不到20岁"，根据这个说法，估摸着他大约是在公元前633年出生的，问鼎中原时只有二十六七岁，他用了八年左右的时间就让楚国称霸一方，自己也成为声名赫赫的春秋五霸之一。

春秋五霸是秦穆公、宋襄公、晋文公、楚庄王、齐桓公。齐桓公于公元前716年出生；秦穆公于公元前682年出生；晋文公于公元前671年出生；宋

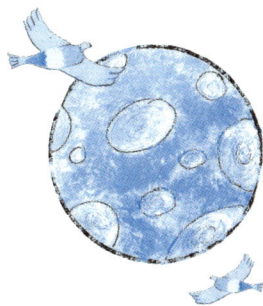

襄公出生于春秋初年；楚庄王应该是他们当中最年轻的一位，他继位"出道"时，其他四位早已功成名就，楚庄王是后来者居上，跻身五霸。

楚国八百载，干掉了六十多个国家，拓地五千里。而楚庄王出道后，吞并了二十六个国家，拓地三千里，文德武功之盛可见一斑。但就像梭罗虽然是一位立法者，一位国王，但并不影响他也是一名杰出的哲学家。楚庄王的先祖鬻子是中国历史上伟大的哲学家、思想家，给楚国留下了循道治国的思想。先祖留给楚庄王关于道、信、仁、和这些宝贵的思想财富让他走得更远。想来楚庄王饮马黄河，问鼎中原，其功绩与他的思想和智慧息息相关。

楚庄王姓芈，熊氏，名旅。他的这个芈姓和夏姓一样，非常非常地古老，这个姓诞生在楚国丹阳，也就是湖北宜昌荆州一带。芈姓是周王朝楚国贵族的祖姓，司马迁在《史记》中说芈姓起源于玄帝颛顼高阳氏，高阳第六个儿子季连的后代熊鬻子被周王分封到荆蛮，就是现在的湖北荆州地区。熊鬻子后来到周王朝首都丰镐（今陕西西安西南丰水以西）给周文王当老师去了，但他的后代一代一代被封楚地，熊鬻子的曾孙熊绎被封为楚子时，就居住在丹阳，就是现在的湖北秭归（屈原的故乡），而真正有"楚"这个国号，还是在鬻子的曾孙熊绎被周成王封为楚子的时候。

楚庄王的政治生涯并不是一开始就是一帆风顺的，继位没多久，他就被叛乱的权臣公子燮和其老师斗克挟持，二人借机突围郢都，却在庐地（今湖北南漳）被杀，这一政变彻底失败后楚庄王才被送了回去。

回来之后的楚庄王已经充分认识到了政治斗争的残酷，于是不动声色地观察内外，韬光养晦。表面上来看，整整三年他一直没干什么正经事，国家大事全都交给若敖氏家族的斗般（令伊）、斗越椒（司马）、潘崇（太师）几个人在打理，自己成天饮酒狩猎游乐，从早到晚都在脂粉堆里厮混，那个时候，整个郢都一片靡靡之音。他还在王宫门口挂上了"进谏者，杀毋赦"的牌子，而周边的国家都在图谋，欲结盟瓜分楚国，这还了得！当时分管军事兵员的右司马伍举实在看不下去了，他想要点醒楚庄王，但知道正面劝说不是办法，于是想出了一个妙计：向国君献一段蕴藏深意的奇闻。

好不容易见到了楚庄王，对方满身酒气，一手握着酒杯，一手拿着鹿腿，哪里有个一国之君的样子，见到伍举后，楚庄王哈哈大笑道："老司马进宫见我，是想吃野味还是想喝美酒啊？"

伍举早就做好了心理建设，不气也不恼，笑着说：

"大王啊，我实在是愚笨，我听说了一段奇闻，可始终不解其意，这不是特来向您求教来了。"

楚庄王一听，来了精神，还有这等事，便连忙问道："是啥稀奇事啊？快说说看。"

伍举说："有百姓看到一只大鸟降落在南方的土山上，整整三年了啊，这鸟性情古怪，在原地既不飞走也不鸣叫，大王你说奇怪不奇怪？"

楚庄王听后心中了然，眯着眼睛笑了，说："老司马啊，这鸟可不是一般的鸟呢，三年不飞则一飞冲天，三年不鸣则一鸣惊人，你啊就等着瞧吧！"

伍举感到特别欣慰，便说："明白了，老臣告退。"他向楚庄王躬了一躬，满心欢喜地出去了。

又过了些时日，虽然楚庄王有所收敛，但距离励精图治的明君还差得十万八千里呢，个性耿直的大夫苏从又坐不住了。

他一进王宫就号啕大哭，楚庄王问他："先生，你哭什么呀？什么事让你如此悲痛？"

苏从说："我就要死了，能不伤心吗？"

楚庄王大吃一惊："此话怎讲？"

苏从哭着说："大王成日沉溺于酒色之中，不理朝政，楚国危在旦夕。而且大王还不听劝谏，谁劝就杀谁。

楚国被灭我难逃一死，违背大王旨意劝谏又是一死，如此说来，我横竖都难逃一死，还有比这更难受的事吗？"

楚庄王说："先生你明知故犯，这不是一心求死吗？求死之人，这多傻啊！"

苏从话锋一转："微臣愚笨，可现在我向大王劝谏，大王杀了我，倒成全了我一个忠臣的美名，大王就落下暴君的骂名了；如果大王还不听劝，楚国被其他国家吞并了，大王就是亡国之君，这岂不是要被天下人所耻笑？微臣只是丢了性命，大王却是丢了江山和百姓的爱戴，这不是比我更愚蠢的行为吗？"

楚庄王听后，马上差人赶走了嫔妃和歌女，以师礼待苏从，他感叹道："您就是我一直在等待的良师益友啊！"

苏从与楚庄王在大殿之上席地而坐共商国是，谈论楚国目前在经济、政治、外交等各方面的得失，苏从发现原来楚庄王并不是昏庸无能，相反，对方通过这三年的观察，明辨出朝堂之上的黑白是非、忠奸善恶，说起自己的政治主张也头头是道，苏从一颗悬着的心终于放了下来。

楚庄王执掌楚国大权时，还不到20岁，就像现在的U19足球队员一样大赛经验不足，需要磨砺。他的老祖宗鬻子就曾对周文王说过这样的话："自长非所增，自短非所损，算之所亡若何？"意思是自己长寿不是人所能增加的，自己短命不是人所能减损的，再大的智慧对于有限的生命也是无可奈何，教人迎合天意，揣摩利害，不如停止。楚庄王虽然年轻，但却很有耐心，将老祖宗留下的这些哲学思想烂熟于心，领悟得十分透彻，休养生息三年，静待运道天时。鬻子还说过："积于柔必刚，积于弱必强。"楚庄王韬光养晦的时候，晋灵公执政的晋国实力也在慢慢消退减弱，很多国家不再听从这个老牌霸主的话了，楚庄王当然能够敏感地察觉到这一点，所以北上图强，饮马黄河，进逼中原，一鸣惊人。

陪孩子见证人类文明起点上的"日出时刻"

◎ 程　玥

　　成为父亲之后，我时常会考虑给自己的孩子看什么样的书、读什么样的故事才最为合适，我和所有的家长一样都希望孩子能够健康快乐地成长，同时具备善良、勇敢、坚韧、谦逊这些美好的品质。那么，成长的道路上，什么样的好故事才能让孩子得到有益于身心的启发？

　　英国哲学家罗素曾说过："一个人应该有足够的智慧去认识世界，才有可能获得快乐与幸福。"

　　一年前的秋天，夏志华老师将《阅读星空：与孩子分享哲学家的故事》的书稿通过电子邮箱发给了我，他是诗人、评论家、资深媒体人，学养深厚、洞识精微。这些年来笔耕不辍，绘声绘色地写下了两百多个中外哲学家的故事，近一百万字的体量，其目的既不是出书也不是拿奖，可怜天下父母心——他和普通人一样在找寻有利于孩子成长的金钥匙，如果这世上没有，便自己精心锻造出了一把。在读了书稿之后，我认为夏老师无疑是成功的，他的娃儿是幸福的。他将"普及哲学"和"给孩子讲故事"进行了有机融合，作出了自己独特而富有建设性的努力，让孩子聆听古往今来最顶尖智者的故事，这是多么令人惊艳的教育方式。

说来惭愧，我作为一般读者，接触的哲学书籍乏善可陈，可以说是个"门外汉"，曾经读过且有印象的仅有《庄子》、美国女学者依迪丝·汉密尔顿的《罗马精神》以及第欧根尼·拉尔修的《古希腊名哲言行录》，对东西方哲学的义理内涵、历史渊源等方面的了解几乎一片空白，毫无疑问，《阅读星空：与孩子分享哲学家的故事》这部书稿对任何年龄段的读者来说都具有很强的包容性。因此，我下定决心把它做好，希望更多的家长和孩子能够读到它，领略其平易近人的魅力。

本书选取了二十六位哲学家，包括了我们所熟知的老子、庄子、墨子、列子，也有苏格拉底、泰勒斯、德谟克利特、梭伦等推动了西方文明进程的著名思想家，也有在哲学研究上颇有建树的政治家、科学家，如楚庄王、哥白尼等，数百年来这些巨人的影响力有增无减。作者在故事中把他们还原成血肉丰满、尽情尽性的普通人，脾性、嗜好、趣味等细节的林林总总表露无遗——仙风道骨的鬻子、慷慨激昂的爱国者梭伦，将生死置之度外的苏格拉底，喜欢与权贵抬杠的庄子……唯独在追求真理面前，作者文学的笔调赋予了他们孩子般的天真与赤诚，同时向他们服务人类的精神致以敬意。

本书中的故事虽然是写给孩子读的，但却具有"非虚构文学"的庄严感，作者巧妙地将哲学家们的思想和生活串联起来——伟大的事业、宽阔的胸襟、崇高的志向、英雄般的勇气、壮美的人生甚至于生命的脆弱亦没有回避，既引人入胜又不乏理趣，这当然与夏志华老师优秀文学作者的身份密不可分，他善于在古典与现代、历史与现实、表象与本质之间寻找到最佳的契合点与切入点，并引领我们大家进入到一个热气腾腾、切身可信的特殊场域里；在每个故事跌宕起伏的讲述之中，渗透着他独特的文学趣味和人生洞见。

读完这本书，我曾陷入想象：一千多年以前，这个世界上还没有钢筋水泥堆砌成的森林，劳作了一天的人们无论身处何方——平原、荒漠、田埂抑或海边，感受着夜风习习，一抬头便可仰望到浩瀚无垠的星空，凝神静虑，许多思想的火花在飘摇无定的历史时刻迸溅出来，一锤定音……

　　人类文明起点上的"日出时刻"，轻逸、明亮而温暖，我想我们可以与孩子通过本书一道追溯并见证。